文春文庫

秋山久蔵御用控

# 生き恥

藤井邦夫



文藝春秋

目次

「秋山久蔵御用控」江戸略地図

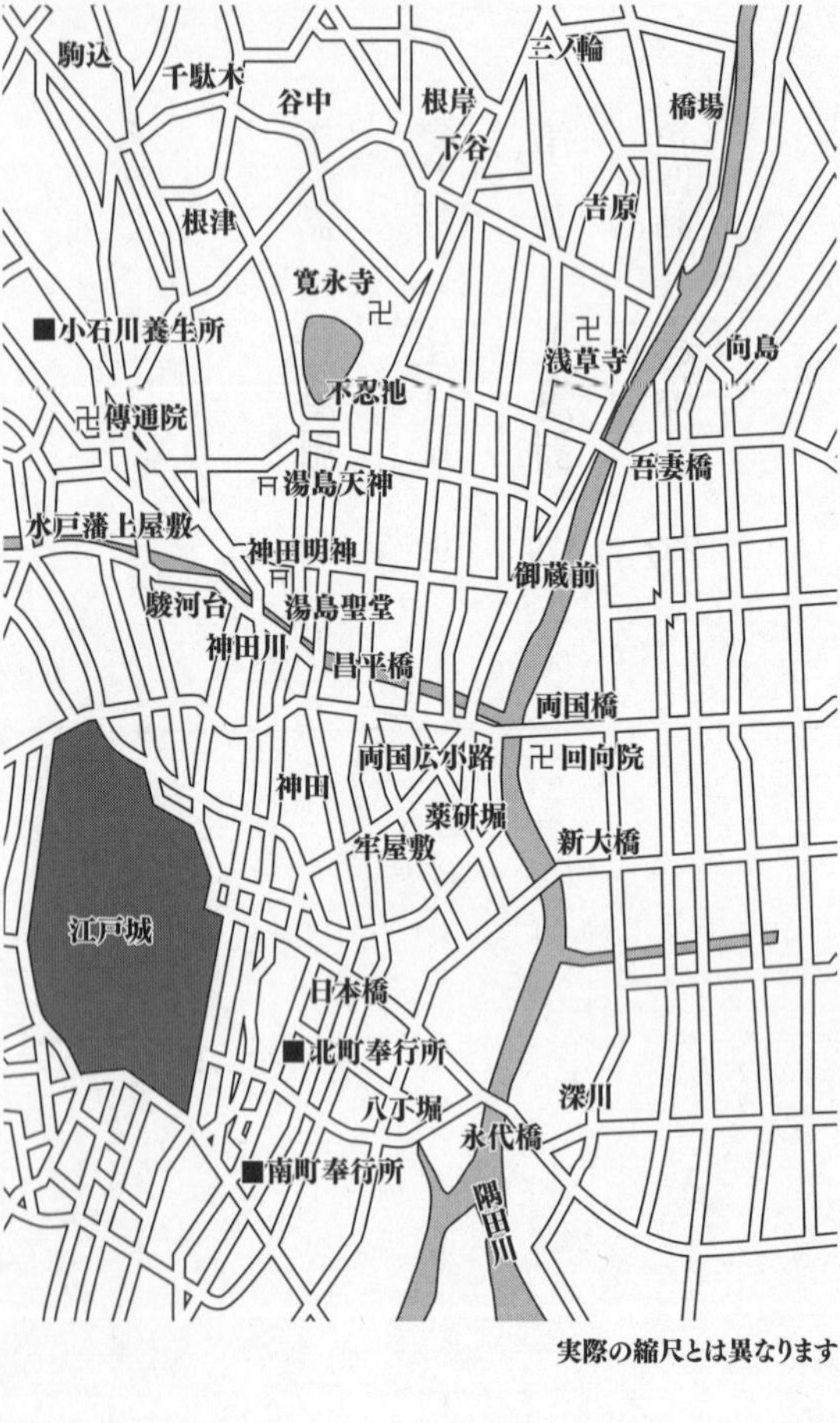


実際の縮尺とは異なります

日本橋を南に渡り、日本橋通りを進むと京橋に出る。京橋は八丁堀に架かっており、尚も南に新両替町、銀座町と進み、四丁目の角を右手に曲がると外堀の数寄屋河岸に出る。そこに架かっているのが数寄屋橋御門であり、渡ると南町奉行所があった。南町奉行所には〝剃刀久蔵〟と呼ばれ、悪人を震え上がらせる一人の与力がいた……

## 秋山久蔵御用控・登場人物

**秋山久蔵**（あきやまきゅうぞう）

南町奉行所吟味方与力。〝剃刀久蔵〟と称され、悪人たちに恐れられている。何者にも媚びへつらわず、自分のやり方で正義を貫く。「町奉行所の役人は、お奉行の為に働いてるんじゃねえ、江戸八百八町で真面目に暮らしてる庶民の為に働いているんだ。違うかい」（久蔵の言葉）。心形刀流の使い手。普段は温和な人物だが、悪党に対しては、情け無用の冷酷さを秘めている。

**弥平次**（やへいじ）

柳橋の弥平次。秋山久蔵から手札を貰う岡っ引。柳橋の船宿『笹舟』の主人で、〝柳橋の親分〟と呼ばれる。若い頃は、江戸の裏社会に通じた遊び人。

神崎和馬（かんざきかずま）
南町奉行所定町廻り同心。秋山久蔵の部下。二十歳過ぎの若者。

蛭子市兵衛（えびすいちべえ）
南町奉行所臨時廻り同心。久蔵からその探索能力を高く評価されている人物。妻が下男と逃げてから他人との接触を出来るだけ断っている。凧作りの名人で凧職人として生きていけるほどの腕前。

香織（かおり）
久蔵の後添え。亡き妻・雪乃の腹違いの妹。惨殺された父の仇を、久蔵の力添えで討った過去がある。長男の大助を出産した。

与平、お福（よへい、おふく）
親の代からの秋山家の奉公人。

幸吉（こうきち）
弥平次の下っ引。

寅吉、雲海坊、由松、勇次、伝八、長八（とらきち、うんかいぼう、よしまつ、ゆうじ、でんぱち、ちょうはち）
鋳掛屋の寅吉、托鉢坊主の雲海坊、しゃぼん玉売りの由松、船頭の勇次。弥平次の手先として働くものたち。伝八は江戸でも五本の指に入る、『笹舟』の老練な船頭の親方。長八は手先から外れ、蕎麦屋を営んでいる。

おまき
弥平次の女房。『笹舟』の女将。

お糸（おいと）
弥平次、おまき夫婦の養女。

太市（たいち）
秋山家の若い奉公人。

秋山久蔵御用控

# 生き恥

第一話

# 達磨凧

# 一

睦月《むつき》――一月。

新年の江戸の町は、獅子舞を演じる太神楽《だいかぐら》の一行、三河万歳、猿廻し、角兵衛《かくべえ》獅子などの門付け芸人で賑《にぎ》わう。

八丁堀岡崎町《はっちょうぼりおかざきちょう》秋山《あきやま》屋敷は静かな正月を迎えていた。

南町奉行所吟味方与力《ぎんみがたよりき》の秋山久蔵《きゅうぞう》は、妻の香織《かおり》と一子大助《だいすけ》、下男の与平《よへい》お福《ふく》夫婦、太市《たいち》と共に新年を祝った。そして、初詣、初売り、事始め、七草粥など正月の行事が続き、十六日の藪《やぶ》入り小正月が過ぎ、町の賑わいも落ち着き始める。

辰《たつ》の刻五つ半(午前九時)。

秋山久蔵は、妻の香織、大助、与平、お福に見送られ、太市を供に屋敷を出て、数寄屋橋《すきやばし》御門内南町奉行所に出仕した。

太市は、久蔵の雑用をしながら南町奉行所で半刻《はんとき》(一時間)程を過ごした。

「御苦労だったな太市、そろそろ屋敷に戻るが良いぜ」

久蔵は、太市の淹《い》れてくれた茶を飲みながら告げた。

「はい。じゃあ……」

太市は、久蔵に挨拶をして南町奉行所を後にした。

日本橋の通りは正月気分も抜け、いつも通りの忙《せわ》しさが戻っていた。

外濠《そとぼり》に架かる数寄屋橋を渡った太市は、数寄屋河岸から日本橋通りに出て京橋に向かった。そして、京橋川沿いを東に下り、楓川《もみじがわ》に架かる弾正橋《だんじょうばし》を渡って八丁堀沿いを進んだ。

八丁堀には様々な荷船が行き交い、空は抜けるように蒼かった。

太市は、眩しげに見上げた。

凧《たこ》……。

太市は気付いた。

赤い凧は、東から吹く海風に乗り、北西に向かってあげられていた。

達磨《だるま》凧だ……。

太市は、赤い凧が達磨凧だと気付き、眼を細めて眺めた。

赤い達磨の形をした凧は、蒼い空に悠然と浮かんでいた。

江戸では角凧や奴凧が多く、達磨凧は滅多にない珍しいものだった。

その昔、太市は江戸に出て来て料理屋に奉公した。その料理屋の下足番の老爺《ろうや》が、太市に達磨凧を作ってくれた事があった。

誰があげているんだ……。

太市は、達磨凧をあげている者に興味を抱いた。

達磨凧が海風を受けているのをみると、東からあげている。

太市は読み、八丁堀沿いの道を東の江戸湊《みなと》に向かった。

江戸湊には鷗《かもめ》が飛び交い、沖には千石船が見えた。

太市は、八丁堀の河口に来て稲荷橋《いなりばし》の向こうにある鉄砲洲《てっぽうず》波除《なみよけ》稲荷を眺めた。

達磨凧は、鉄砲洲波除稲荷の境内《けいだい》からあげられていた。

太市は、八丁堀に架かる稲荷橋を渡って鉄砲洲波除稲荷の境内に入った。

笠を背にした旅姿の男の子が、境内の端から達磨凧をあげていた。

子供……。

太市は戸惑った。だが、子供が凧をあげていても何の不都合もなく、寧《むし》ろ当たり前だと云えた。
男の子は十歳程であり、草鞋《わらじ》は擦り切れて着物や笠は粗末な物だった。
太市は、男の子の周囲を見廻した。
男の子の周囲には、一緒に旅をして来たと思われる大人はいなかった。
達磨凧をあげる為、一人で江戸に旅して来たのか……。
太市は戸惑った。
男の子は、太市に気が付いて振り返った。
「やあ……」
太市は微笑《ほほえ》んだ。
男の子は、強張《こわば》った面持ちで会釈《えしやく》をして達磨凧の糸を巻き始めた。
達磨凧は、青空からゆっくりと降りて来た。
「達磨凧か……」
太市は、懐かしげに眼を細めた。
「達磨凧、知っているの……」
男の子は、太市を見詰めた。
「ああ。昔、知り合いの父っつぁんに作って貰った事があってな。確か相州秦野《はだの》の凧だと云っていたかな……」

太市は、料理屋の下足番の老爺の言葉を思い出した。

「兄さん。その人、何て名前ですか」

男の子は、その眼に真剣さを滲《にじ》ませた。

誰かを捜している……。

太市は気付いた。

「その前に、お前は何処《どこ》の誰なんだい」

太市は、男の子に笑い掛けた。

「おれ、相州秦野から来た友吉《ともきち》……」

男の子は名乗った。

「そうか。相州秦野の友吉か……」

「うん。達磨凧を作ってくれた人の名前……」

友吉は、期待に眼を輝かせた。

「喜平《きへい》さんって名前だぜ……」

太市は、料理屋の下足番の老爺の名を告げた。

喜平は、板場の兄弟子たちに苛《いじ》められていた太市を庇《かば》い、慰め、励ましてくれた。達磨凧は、苛められた太市を慰め、励ます為に作ってくれたものだった。だが、太市は喜平の慰めと励ましにも拘《かか》わらず、苛める兄弟子たちを半殺しにして料理屋から逃げ出した。そして、太市は岡っ引の柳橋《やなぎばし》の弥平次《やへいじ》にお縄になった。柳橋の弥平次は、太市の犯行が苛められての事だと知り、兄弟子たちに訴えを取り下げさせ船頭見習として船宿『笹舟《ささぶね》』に引き取った。そして、太市は秋山屋敷に下男奉公をした。

「喜平さんですか……」

友吉は、その眼に浮べた期待を消して肩を落とした。

どうやら、友吉が捜しているのは喜平ではなかったようだ。

太市は知った。

「ああ。友吉の捜している人じゃあないようだな」

「うん……」

友吉は落胆した。

「だけど友吉、もし、お前の捜している人が相州秦野から来た人なら、喜平さんが知っているかもしれないぜ」

太市は告げた。

「あっ、そうか……」

友吉は、太市の言葉に再び眼を輝かせた。

「兄さん、喜平さんは何処にいるんですか……」

「友吉、お前、相州秦野から来た誰を捜しているんだい」

太市は尋ねた。

「お父っちゃん……」

友吉は、哀しげに告げた。

「お父っちゃん……」

「うん……」

「友吉、お前、お父っつぁんを捜しに相州秦野から一人で来たのか……」

「うん……」

友吉は頷《うなず》いた。

友吉は、相州秦野から父親を捜しに一人でやって来たのだ。

「友吉、お前、歳は幾つだ」

「十歳……」

「やっぱりな……」

太市は感心した。

次の瞬間、友吉の腹の虫が大声で鳴いた。

「腹減っているのか……」

「減ってないよ……」

友吉は、慌てて首を横に振った。

腹の虫は再び鳴いた。

友吉は、恥ずかしそうに俯《うつむ》いた。

太市は苦笑した。

鷗の群れが、鉄砲洲波除稲荷の上を甲高《かんだか》く鳴きながら飛び交った。

秋山屋敷は表門を開けていた。

太市は、風呂敷で包んだ達磨凧を背負った友吉を連れて帰って来た。

友吉は、物珍しそうに玄関先を見廻した。

「おう。お帰り……」

与平は、竹箒《たけぼうき》と塵取《ちりと》りを持って庭に続く木戸から出て来た。

「只今戻りました」

太市は、与平に挨拶をした。

「おや。そっちは誰だい……」

与平は、友吉に怪訝《けげん》な眼を向けた。

「はい。友吉って云いましてね……」

太市は、友吉が相州秦野から一人で父親を捜しに来た事を告げた。


秋山屋敷の台所は、囲炉裏《いろり》と竈《かまど》で燃える火で暖かかった。

友吉は、框《かまち》に腰掛けて温かい味噌汁と野菜の煮染《にしめ》で飯を食べた。

美味《うま》い飯と味噌汁は、空腹を満たして冷えた身体を暖めてくれた。

「慌てずにゆっくり食べるんですよ」

お福は、囲炉裏端の嬶座《かかざ》に肥った身体を据えて友吉に告げた。

「はい……」

友吉は、素直に頷いて飯を美味そうに食べ続けた。

太市は、友吉に聞いた話を香織とお福に話した。

「相州秦野からお父っつぁんを捜しに一人でねえ……」

香織は、飯を食べている友吉に感心した。

「はい……」

太市は頷いた。

「それで友吉さん、お父っつぁん、いつから江戸に来ているんですか……」

香織は尋ねた。

「三年前に出稼ぎに。それで今年の正月には帰るって云っていたんだけど、帰って来ないから……」

友吉は、飯を食べる箸を止めて淋しげに告げた。

「友吉さんが捜しに来たんですか……」

「はい。おっ母ちゃんが心の臓の病で倒れるし、妹のおたまが逢いたいって泣くから……」

「母親が心の臓の病……」

香織は眉をひそめた。

「それはまあ、気の毒に……」

お福は、吐息を洩《も》らした。

「友吉、お父っつぁん、何て名前だい」

太市は訊いた。

「友造《ともぞう》……」

「何処にいるのか分かっているのか……」

「おっ母ちゃんが、三河屋《みかわや》って酒屋に奉公しているって……」

「何処の三河屋って酒屋かな……」

「分からない……」

友吉は、哀しげに首を横に振った。

「分からないか……」

「うん……」

「友吉、江戸には三河屋って酒屋、何軒もあるんだぜ」

「だからおれ、お父っちゃんが作ってくれた達磨凧をあげているんだ」

友吉は、風呂敷に包んだ達磨凧を示した。

「その達磨凧、お父っちゃんが作ったのか……」

「うん。お父っちゃん、この達磨凧を見たらおれが江戸にいるって気が付く筈《はず》だから……」

「そうか。それで、達磨凧をあげていたのか」

太市は感心した。

「うん。でも、一昨日《おととい》からあげていてもお父っちゃん来ないんだ……」

友吉は、哀しげに項垂《うなだ》れた。

友吉は、一昨日の昼に江戸に着き、達磨凧をあげて父親の友造が気が付くのを待っているのだ。

「友吉、お前、路銀はあるのかい」

「うん……」

友吉は、首に提《さ》げていた巾着《きんちゃく》から僅《わず》かな文銭を出して見せた。

僅かな文銭は、宿に泊まり飯を食べるのには程遠い額だった。

「友吉さん、昨夜は何処に泊まったのですか」

香織は訊いた。

「御堂に……」

「御飯はどうしたの……」

お福は眉をひそめた。

「秦野から出て来る時に持って来た焼芋の残り、昨日の夜に食べたよ」

「で、今朝は……」

「何も……」

友吉は俯いた。

太市、香織、お福は、友吉が満足な路銀もなしに父親を捜しに来たのを知った。

「友吉ちゃん、御飯のお代わり、もういいのかい」

お福は、満足な食事をしていない友吉を哀れんだ。

「はい。もう腹一杯です」

「だったら良いけど、遠慮はいらないんだよ」

お福は心配した。

「はい。あの、兄さん……」

友吉は、太市に縋《すが》る眼を向けた。

「俺は太市ってんだ」

太市は苦笑した。

「太市さん、達磨凧を作ってくれた喜平さんって人に逢いたいんだけど……」

「太市、喜平さんとは……」

香織は、太市に怪訝な眼を向けた。

「はい……」

太市は、香織に喜平の事を告げた。

「その喜平さんが奉公している料理屋、太市が昔、板前修業をしていたお店なのですね」

「はい。不忍池《しのばずのいけ》の畔《ほとり》にある江戸春《えどはる》です」

「分かりました。これから友吉さんを連れて行ってあげなさい」

「奥さま……」

「屋敷の事は大丈夫ですよ。ですから、友吉さんをね」

「はい。良かったな、友吉……」

「うん。ありがとうございます」

友吉は、香織に深々と頭を下げた。

「礼には及びません。喜平さんがお父っつぁんを知っていると良いですね」

香織は微笑んだ。


日本橋には大勢の人が行き交っていた。

太市は、友吉を連れて不忍池の畔にある料理屋『江戸春』に向かった。

友吉は、通りの賑わいに戸惑いながらも太市の後に続いた。

太市は、背後を来る友吉を気に掛けながら日本橋の通りを神田八ッ小路に進んだ。

神田八ッ小路から神田川に架かる昌平橋《しょうへいばし》を渡り、明神下《みょうじんした》の通りを北東に進むと不忍池に出る。

太市は、友吉を連れて先を急いだ。


不忍池の畔には、散り遅れた枯葉が舞っていた。

太市は、友吉を伴って畔にある料理屋『江戸春』を訪れた。

料理屋『江戸春』の表では、老爺が落葉を掃き集めていた。

「喜平さん……」

太市は、掃除をしている老爺に声を掛けた。

老爺は、下足番の喜平だった。

「おお、太市じゃあねえかい」

喜平は、皺《しわ》だらけの顔を綻《ほころ》ばせて掃除の手を止めた。

「御無沙汰しました、喜平さん。今年も宜《よろ》しくお願いします」

太市は、喜平に遅い新年の挨拶をした。

「こっちこそ宜しく頼むぜ。で、今日はなんだい」

「喜平さん、この子は友吉って云いましてね。相州秦野から来たんです」

「秦野から……」

喜平は、友吉を見詰めた。

友吉は、ぺこりと頭を下げた。

「江戸にお父っつぁんを捜しに来たんです」

「お父っつぁんを……」

「ええ。名前は友造さん。三年前、江戸に出て来て三河屋って酒屋で働いている
そうでしてね。御存知ですか……」

「友造さんに三河屋ねえ……」

「お父っちゃん、達磨凧を作る名人だよ」

友吉は、顔を輝かせて告げた。

「達磨凧か……」

喜平は眉をひそめた。

「どうです喜平さん、何か心当たりありませんかね」

「友造さんなら一人知っているが……」

「知っているんですか……」

太市は、思わず身を乗り出した。

「ああ。だが、奉公先は三河屋って酒屋じゃあないし、秦野の出で達磨凧作りの名人かどうかは分からねえ」

喜平は首を捻《ひね》った。

「でも、友造って名前なんですよね」

「ああ。両国は米沢町《よねざわちょう》三丁目にある越後屋《えちごや》って米問屋の下男でな。時々、旦那の使いでうちに来るんだよ」

喜平は告げた。

「越後屋って米問屋ですか……」

太市は、戸惑いを浮べた。

「ああ……」

喜平は頷いた。

「太市さん……」

友吉は、不安げに太市を見上げた。

「友吉、人違いかもしれないが、両国の越後屋さんに行ってみるか……」

友造は、三年前にいた酒屋『三河屋』から奉公先を替えたのかもしれない。

「うん……」

友吉は頷いた。

「よし。喜平さん、忙しい処、御造作をお掛けしました。又、御挨拶に伺います」

「なあに、役に立てなくて済まなかったな」

「いえ。じゃあ……」

太市は喜平に挨拶をし、友吉を連れて両国に向かった。

散り遅れた枯葉は舞った。

両国広小路には見世物小屋や露店が連なり、大勢の人々で賑わっていた。

太市は、友吉を連れて両国広小路にやって来た。

友吉は、両国広小路の雑踏と喧噪《けんそう》に眼を瞠《みは》り、思わず足を止めた。

「どうした、友吉……」

「村のお祭りより人が多いや」

「そうか、村のお祭りより多いか……」

太市は苦笑した。

「うん……」

友吉は、雑踏と喧噪に微《かす》かな怯《おび》えを過《よ》ぎらせた。

「さ、行くぜ」

太市は、両国広小路に面した米沢町三丁目にある米問屋『越後屋』に急いだ。

米沢町三丁目は両国広小路の南の外れにあり、大川に続く薬研堀《やげんぼり》の傍《そば》だ。

太市と友吉は、両国広小路の雑踏と喧噪の中を進んだ。やがて、雑踏と喧噪が途切れた頃、米問屋『越後屋』が見えた。

二

人足たちは、米俵を積んだ大八車を引いて威勢良く駆け出して行った。

米問屋『越後屋』の表では、中年の下男が藁屑《わらくず》を掃除し、零《こぼ》れた米粒を拾い集めていた。

「あそこが米問屋の越後屋だけど、あの人は違うのかい……」

太市は、掃除をしている中年の下男を示した。

「違う……」

友吉は、首を横に振った。

「そうか。じゃあ、友造さんがいるかどうか訊いてみよう」

「うん……」

太市と友吉は、『越後屋』の表を掃除している中年の下男に近付いた。

「すみません。ちょいとお尋ねしますが……」

太市は、中年の下男に声を掛けた。

「へい。何でしょうか……」

中年の下男は、掃除の手を止めて太市を振り返った。

「こちらの越後屋さんに友造さんって方が奉公されていると聞いて来たんですが、いらっしゃいますか……」

太市は訊いた。

「へ、へい。おりますが……」

中年の下男は、怪訝な面持ちで太市と友吉を見た。

「ちょいとお逢いしたいんですが……」

「へい。友造ならあっしですが……」

中年の下男は、自分が友造だと告げた。

「お前さんが、友造さんですか……」

太市は、思わず中年の下男の顔をまじまじと見詰めた。

友吉は落胆し、俯いた。

「で、お前さんは……」

友造は、太市に探る眼を向けた。

「あっ、御無礼しました。私は岡崎町の旗本屋敷に奉公している太市って者です」

太市は、奉公先の旗本屋敷の主《あるじ》が南町奉行所吟味方与力の秋山久蔵だとは告げなかった。

「太市さんですかい……」

「はい。で、友造さん、念の為に伺いますが、越後屋に友造さんが、他にもいるって事は……」

「いえ。越後屋の奉公人の友造は、あっしだけですよ」

友造は苦笑した。

米問屋『越後屋』の下男の友造は、相州秦野から出稼ぎに来た友吉の父親の友造ではなかった。

「そうですか。処で友造さん、故郷《くに》はどちらです。江戸ですか……」

太市は訊いた。

「いえ。相州ですよ」

友造は応じた。

友吉は、思わず友造の顔を見上げた。

「相州はどちらで……」

太市は畳み掛けた。

「秦野ですが……」

友造は、太市を見返した。

「じゃあ、相州秦野……」

太市は、浮かびあがる戸惑いを隠した。

「ええ……」

友造は見返した。

「そうですか……」

相州秦野が故郷の友造……。

米問屋『越後屋』の下男の友造は、友吉の父親と名も故郷も同じだ。だが、顔も違うまったくの別人なのだ。

太市は、微かな違和感を覚えた。

「太市さん……」

友吉は、戸惑いを露わにして太市の顔を見上げていた。

「う、うん……」

太市は、慌てて友吉に頷いた。

「友造さん、お忙しい処、御造作をお掛けしました。御免下さい」

太市は、友造に挨拶をし、友吉を促して米問屋『越後屋』の店先から離れた。

太市は、友吉を連れて両国広小路の雑踏に進んだ。そして、物陰に入って米問屋『越後屋』を窺《うかが》った。

米問屋『越後屋』の表では、友造が掃除を続けていた。

太市は窺った。

「太市さん……」

友吉は、困惑した面持ちで太市を見上げた。

「友吉、お前のお父っちゃんと同じ相州秦野の友造、ちょいと気になってな」

太市は、掃除をしている友造を見詰めた。

友造は、店先を掃除しながら零れた米粒を拾っていた。

何か変だ……。

太市は気になった。


八丁堀岡崎町の秋山屋敷は夕暮れに覆われた。

帰宅した秋山久蔵は、妻の香織の介添えで着替えて茶を飲んだ。

「で、その友吉はどうした……」

「与平や太市の手伝いをしたり、大助と遊んだりしています」

「ほう。大助とな……」

「ええ。大助が妙に懐《なつ》きましてね。友吉さん、弟や妹がいるそうでして、幼い者の扱い、とっても上手なんですよ」

香織は微笑んだ。

「そうか……」

「それで旦那さま、太市が友吉さんを自分の部屋に泊めて良いかと申しております」

「そいつは構わないが、ま、太市を呼んでくれ」

「はい。只今……」

香織が座敷から退《さが》り、代わって太市がやって来た。

「旦那さま……」

「おう。ま、入んな……」

久蔵は、太市を座敷に招いた。

「はい……」

太市は、座敷に入って敷居際に座った。

「友吉、三年前に出稼ぎに来た父親を捜しに来たのか……」

「はい。相州秦野から出て来て、鉄砲洲の波除稲荷で父親の友造さんが作ってくれた達磨凧をあげていました」

「ほう。相州秦野の達磨凧をな……」

「はい」

「で、父親の友造を捜しに行って何か分かったのか……」

「それが……」

太市は、友吉の父親友造捜しの顚末《てんまつ》を詳しく話した。

「相州秦野から来た友造はいたが、友吉の父親じゃあなかったか……」

久蔵は眉をひそめた。

「はい……」

太市は頷いた。

「故郷と名前が同じの別人か……」

久蔵は、その眼を鋭く光らせた。

「旦那さま……」

「太市、友吉の父親の友造、三年前に出稼ぎに来た時は、三河屋って酒屋に奉公したんだな……」

「手紙にはそう書いてあったそうです」

「で、別人の友造は、両国米沢町の米問屋に奉公していた」

「はい……」

太市は、眉をひそめて頷いた。

「気になるか……」

久蔵は太市を窺った。

「旦那さま、もしかしたら米問屋の友造、友吉の父親の名前を騙《かた》っているんじゃあ……」

太市は読んだ。

「うむ。よし、米問屋の友造は、柳橋に調べて貰う。太市は友吉を連れて酒屋の三河屋を廻り、父親の友造捜しを続けるんだな」

久蔵は命じた。

「はい。ありがとうございます」

太市は、嬉しげに頭を下げた。

弥次郎兵衛《やじろべえ》は、大助の小さな掌《てのひら》の上で左右に大きく揺れて元に戻った。

大助は歓声をあげた。

「まあ、大助さま、上手、上手……」

お福は、夕餉《ゆうげ》の仕度をしながら笑った。

「あら、その弥次郎兵衛、どうしたのですか」

香織は尋ねた。

「友吉ちゃんが作ったんですが、ほんとに上手なんですよ」

お福は、友吉を誉めた。

框に腰掛けていた友吉は、照れながらも嬉しげに笑った。

友吉は、秋山屋敷の裏庭で細竹や団栗《どんぐり》を拾い、大助に弥次郎兵衛を作ってやった。

「ほう。その弥次郎兵衛、友吉が作ったのかい……」

久蔵と太市が、台所に入って来た。

「あっ……」

友吉は、慌てて框から下りた。

「友吉、旦那さまだ」

太市は、久蔵に友吉を引き合わせた。

友吉は、身を固くして頭を下げた。

「お前が友吉か……」

「はい……」

友吉は、身を固くしたまま頷いた。

「ま、腰掛けて楽にしな」

久蔵は苦笑した。

「友吉……」

太市が促した。

「はい……」

友吉は、微かな怯えを滲ませて框に尻の端を乗せた。

「秋山久蔵だ。お父っつぁん捜し、大変だと思うが、頑張るんだな」

久蔵は微笑んだ。

「は、はい……」

友吉は、武士である久蔵の穏やかさに戸惑った。

「それから弥次郎兵衛、上手《うま》いものだが、作り方、お父っつぁんに教わったのか……」

「はい……」

「旦那さま、友吉のお父っつぁん、達磨凧作りの名人なんですよ」

太市は告げた。

「ほう。そいつは凄いな……」

久蔵は感心した。

友吉は、父親が誉められたのを喜んで小さく笑った。

久蔵は笑った。

竈の火は燃えあがり、味噌汁の美味そうな匂いが漂った。

翌日、秋山久蔵は、岡っ引の柳橋の弥平次を南町奉行所に呼んだ。

「米沢町三丁目の越後屋さんですか……」

弥平次は、微かな戸惑いを滲ませた。

「知っているかい」

「そりゃあもう……」

弥平次は頷いた。

米沢町は両国広小路の傍にあり、柳橋の船宿『笹舟』とは遠くはない。

「どんな米問屋だ」

「はい。旦那の吉右衛門《きちえもん》さんは穏やかな人柄で奉公人たちにも慕われており、固く律儀《りちぎ》な商いをするとの評判でして、これと云って妙な処はありませんが……」

「ま、かなりの大店《おおだな》だそうだから、不審な事はないとおもうが……」

久蔵は苦笑した。

「越後屋さんが何か……」

弥平次は、久蔵を窺った。

「うん。太市が相州秦野から父親を捜しに来た十歳程の男の子と出逢ってな……」

久蔵は、弥平次に友吉と父親の友造の事を詳しく教え、米問屋『越後屋』の下男の友造の事を話した。

「ほう。故郷と名前が同じで別人ですか……」

弥平次は眉をひそめた。

「ああ。相州秦野から来た友造。偶々《たまたま》かもしれないが、滅多にある事とも思えなくてな」

「はい……」

弥平次は頷いた。

「そこでだ、柳橋の。米問屋の越後屋に奉公している相州秦野の出の友造、洗ってみちゃあくれねえかな」

「何かありそうですか……」

「うむ。ちょいと気になってな……」

久蔵は眉をひそめた。

太市は、友吉を連れて『三河屋』と云う屋号の酒屋を探し、友造と云う奉公人がいないか尋ね歩いた。しかし、友造と云う奉公人のいる酒屋『三河屋』は杳《よう》として見つからなかった。

太市は、各町内の自身番に立ち寄り、『三河屋』と云う酒屋があるかどうか訊いた。

「手前は南町奉行所の秋山久蔵の屋敷の者にございますが、こちらの町内に三河屋さんと云う酒屋はございませんか……」

自身番の者たちは、秋山屋敷の者と聞いて太市に丁寧な応対をした。

太市と友吉は、酒屋『三河屋』と友造を探し歩いた。


米問屋『越後屋』の米蔵の前では、人足たちが忙しく米俵を出し入れしていた。

柳橋の弥平次は、幸吉《こうきち》と由松《よしまつ》に米問屋『越後屋』の下男の友造を調べるように命じた。

幸吉と由松は、大川と薬研堀が続く処に架かる元柳橋の袂《たもと》に佇《たたず》み、店先や米蔵の掃除をする下男の友造を見守った。

「野郎が友造だな……」

幸吉は、友造を見詰めた。

「ええ。さっき人足にそれとなく訊いたんですが、友造は去年の二月頃から越後屋に奉公しているそうですぜ」

由松は告げた。

「奉公してざっと一年か。で、どんな野郎なんだい」

「物静かな奴だそうでしてね。仕事振りは遅いぐらいに丁寧だとか……」

「真面目な働き者か……」

幸吉は、微かな戸惑いを過ぎらせた。

「ま、そう云う評判ですが、猫を被るってのもありますからね」

由松は、鼻の先で笑った。

「どっちにしろ、暫《しばら》く張り付いて様子を見るしかないな」

「ええ……」

幸吉と由松は、米問屋『越後屋』を見張る場所を探した。だが、店の正面には両国広小路の外れと大川があり、横手の米蔵の前には薬研堀があった。

「丁度良い見張り場所、ありませんね」

由松は、辺りを見廻して眉をひそめた。

「ああ……」

「どうします」

「親分に云って薬研堀に屋根船を廻して貰うしかないな……」

幸吉は決めた。


「ああ。友造なら知っていますよ」

神田連雀町《れんじゃくちょう》の酒屋『三河屋』の番頭は、事も無げに云った。

「御存知ですか……」

太市は、思わず身を乗り出した。

「えっ、ええ……」

番頭は、太市の勢いに押されたように頷いた。

「三年前、相州秦野から出稼ぎに来た友造さんですよ」

太市は念を押した。

「間違いないけど……」

番頭は戸惑いを浮べた。

友吉の父親の友造は、手紙に書いてあった通り、三年前に酒屋の『三河屋』に出稼ぎで来ていた。

「友吉、やっとお父っつぁんに逢えるぞ」

「うん……」

友吉は、顔を輝かせて頷いた。

「で、友造さんは今、どちらに……」

太市は番頭に訊いた。

「友造、二年前に辞めましたよ」

「辞めた……」

太市は、思わず素《す》っ頓狂《とんきょう》な声をあげた。

「ええ。ですから友造、もう三河屋にはいませんよ」

「いない……」

太市は落胆した。

「太市さん……」

友吉は、太市を見上げて鼻水をすすった。

「う、うん……」

太市は、落胆から素早く立ち直った。

「じゃあ番頭さん。友造さん、此処《こ こ》を辞めて何処に行ったのか御存知ですか……」

「さあ、そこ迄は……」

番頭は首を捻った。

「じゃあ、友造さんと親しかった人はいませんか……」

太市は尋ねた。

「親しかった人ですか……」

番頭は眉をひそめた。

「はい。お店の人でも出入りの人でもいいんですが……」

太市は食い下がった。

「お店の人でも出入りの人でもねえ……」

番頭は、思いを巡らせた。

太市と友吉は、息を詰めて番頭を見詰めた。

大川に夕陽が映え、薬研堀に繋がれた船は揺れた。

幸吉と由松は、勇次《ゆうじ》が漕《こ》いで来た屋根船を米問屋『越後屋』の見える位置に舫《もや》った。そして、障子の内に潜んで見張り始めた。

屋根船の障子は、夕陽に赤く染まった。

幸吉と由松、そして勇次は、夕陽に赤く染まった障子の隙間から米問屋『越後屋』を見張った。

米問屋『越後屋』は、店先や米蔵を片付けて店仕舞いをし始めた。

幸吉、由松、勇次は見張った。

半刻が過ぎ、日が暮れた。

大戸を閉めた米問屋『越後屋』は、夜の闇に覆われた。

幸吉、由松、勇次の乗った屋根船は、小さく揺れていた。

「幸吉の兄貴……」

米問屋『越後屋』を見張っていた由松が、幸吉を呼んだ。

幸吉は、由松のいる障子の隙間を覗《のぞ》いた。

男が米問屋『越後屋』の裏木戸から現れ、辺りを窺っていた。

男は月明かりを浴び、下男の友造だと分かった。

「友造ですぜ……」

由松は囁《ささや》いた。

「ああ……」

幸吉は頷いた。

友造は、辺りに妙な処がないと見定め、両国広小路に向かった。

「勇次、後を頼むぜ」

「承知……」

幸吉と由松は、勇次を見張りに残して友造を追った。

両国広小路は、昼間の賑わいも消えて闇に沈んでいた。

友造は、連なる店の軒下を進んで米沢町一丁目の裏通りに入った。

幸吉と由松は追った。

友造は、裏通りにある居酒屋に入った。

「幸吉の兄貴……」

「ああ。一人で飲みに来たのか、誰かと落ち合うのか……」

夜廻りの打つ拍子木《ひょうしぎ》の音が、夜空に甲高く響いた。

三

居酒屋は客で賑わっていた。

幸吉と由松は、居酒屋の暖簾《のれん》を潜《くぐ》った。

「いらっしゃい……」

若い衆が、幸吉と由松を威勢良く迎えて空いている席に誘《いざな》った。

幸吉と由松は、酒を注文して客を見廻した。

友造は、お店者《たなもの》風の男と隅の席で何事かを話しながら酒を飲んでいた。

幸吉は、友造と酒を飲んでいるお店者風の男を見て眉をひそめた。

「知っている奴ですか……」

由松は、幸吉の様子に気が付いた。

「何処かで見た顔だぜ……」

「名前、分かりませんかい」

「ああ……」

幸吉は、苛立たしげに頷いた。

お店者風の男は、薄笑いを浮べて酒を飲んでいた。

「どっちにしろ、真っ当な奴じゃありませんね……」

由松は睨《にら》んだ。

「きっとな……」

幸吉は頷いた。

「おまちどお……」

若い衆が、湯気を纏《まと》わり付けた徳利を持って来た。

「おう。待ち兼ねたぜ」

幸吉と由松は、友造とお店者風の男の様子を窺いながら酒を飲んだ。

居酒屋の店内には、酔客たちの楽しげな笑い声が響いた。

燭台《しょくだい》の火は小さく揺れた。

「友造が奉公した酒屋の三河屋、突き止めたかい……」

「はい。神田連雀町にありました。ですが友造さん、一年前に辞めていました」

太市は、三河屋の番頭から聞いた事を久蔵に報《しら》せた。

「そうか。で、友造と親しくしていた者はいたのか……」

久蔵は、手酌で酒を飲みながら訊いた。

「はい。三河屋は、浅草駒形町《こまがたちょう》の湊屋《みなとや》って酒問屋からも酒を仕入れていまして、そこで酒の配達人足をしている善吉《ぜんきち》さんって人と親しかったそうです」

「善吉か……」

「はい。その善吉さんが友造さんの居所を知っているかもしれないので、明日にでも駒形町の湊屋に行ってみます」

「ああ。太市、友吉には内緒だが……」

久蔵は、厳しさを漂わせた。

「はい……」

太市は、居住まいを正した。

「友造、何か御定法《ごじょうほう》に触れる真似をしているかもしれない」

「御定法に触れる真似……」

太市は、戸惑いと怯えを滲ませた。

「うむ。友吉を連れて行くのは良いが、その辺りには充分に気を配ってな……」

「はい……」

太市は、緊張に喉を鳴らして頷いた。

久蔵は、友造が何らかの悪事に拘わっているように思えてならなかった。

燭台の火は、油が切れ掛かってきたのか微かな音を鳴らして瞬《また》いた。

居酒屋の賑わいは続いた。

幸吉と由松は、友造とお店者風の男を見守りながら酒を飲んだ。

時が過ぎた。

友造とお店者風の男は、箸を置いて猪口《ちょこ》を伏せた。

「兄貴……」

「うん、やっと御開きのようだぜ」

幸吉と由松は、勘定を払って居酒屋を出て斜向《はすむ》かいの路地に潜んだ。

僅かな時が過ぎ、友造とお店者風の男が居酒屋から出て来た。

幸吉と由松は見守った。

お店者風の男は、居酒屋の前で友造と別れて柳原通《やなぎわらどお》りに向かった。そして、友造は米沢町三丁目に進んだ。

「兄貴……」

「うん。友造はおそらく越後屋に戻るんだろう。もう一人の野郎を追うぜ」

「承知……」

幸吉と由松は、柳原通りに向かうお店者風の男を追った。

柳原通りは神田川沿いにあり、土手に連なる柳は夜風に枝を揺らしていた。

お店者風の男は、提灯《ちょうちん》も持たずに慣れた足取りで夜道を進んだ。

幸吉と由松は、慎重に尾行《つけ》た。

「あの足取り。野郎、素人《しろうと》じゃありませんぜ」

由松は睨んだ。

「ああ。どう見ても玄人《くろうと》だな」

幸吉は頷いた。

お店者風の男は、裏稼業で生きている者なのだ。そして、そんな男と親しく酒を飲んでいた友造も只者ではない。

幸吉は、米問屋『越後屋』の下男の友造に眼を付けた久蔵に驚きと恐ろしさを覚えずにはいられなかった。

お店者風の男は、柳原通りから八ッ小路に出た。そして、神田川に架かっている昌平橋を渡った。

幸吉と由松は尾行た。

神田明神門前町の盛り場には、酔客の笑い声と酌婦たちの黄色い声が溢《あふ》れていた。

お店者風の男は、客を引いている酌婦をからかいながら奥に進んだ。

幸吉と由松は追った。

お店者風の男は、盛り場の外れにある小料理屋に入った。

幸吉と由松は見届けた。

小料理屋の屋号は『白梅《しらうめ》』であり、盛り場の中の飲み屋にしては落ち着いた小綺麗な店だった。

「ちょいと値が張りそうな店ですね」

由松は読んだ。

「うん。この界隈《かいわい》の酔っ払いの好みじゃあねえな」

「じゃあ……」

由松は眉をひそめた。

「ああ、おそらくその辺の酔っ払いを入れないようにしてんだぜ」

幸吉は睨んだ。

「ええ。じゃあ、白梅の亭主や女将《おかみ》、どんな奴らか聞き込んできますぜ」

由松は告げた。

「頼むぜ」

幸吉は頷いた。

由松は、聞き込みに行った。

幸吉は、小料理屋『白梅』を見張った。

「ああ、盛り場外れの白梅ですかい……」

地廻りの甚六《じんろく》は、小料理屋の『白梅』を知っていた。

「どんな店だい……」

由松は、神田明神の参道でしゃぼん玉の行商をする事もあり、地廻りの甚六とは顔見知りだった。

「どんなって、禿頭《はげあたま》の藤兵衛《とうべえ》って板前の旦那とおさいって年増の女将さんがやっている店でしてね。門前町の盛り場では値の張る店ですぜ」

「じゃあ、客はその辺の人足や職人なんかじゃあないな……」

「ええ。僅かな馴染客《なじみきやく》で良くやっていますよ」
「馴染客なあ……」
お店者風の男は、小料理屋『白梅』の僅かな馴染客の一人に過ぎないのか……。
由松は思いを巡らせた。
東叡山寛永寺《とうえいざんかんえいじ》の鐘が亥《い》の刻四つ（午後十時）を告げた。
幸吉は、斜向かいの路地から小料理屋『白梅』を見張り続けた。
小料理屋『白梅』の格子戸が開いた。
幸吉は路地に潜んだ。
派手な半纏《はんてん》を着た男が、小料理屋『白梅』から出て来た。
お店者風の男……。
幸吉は、お店者風の男が派手な半纏に着替えたのを知った。
お店者風の男は、振り返って小料理屋『白梅』の格子戸を閉めた。
派手な半纏の背には、鹿に紅葉《もみじ》の花札の絵柄が描かれていた。
花歌留多《はなかるた》の仁吉《にきち》……。
幸吉は、お店者風の男が何者なのか思い出した。

仁吉は、鹿に紅葉の派手な半纏を翻《ひるがえ》して盛り場を進んだ。

幸吉は追った。

仁吉は、関八州を荒らし廻っている盗賊の霞《かすみ》の長五郎《ちょうごろう》一味の者だった。

友造が親しく酒を飲んでいたお店者風の男は、霞の長五郎一味の盗賊なのだ。

幸吉は、神田明神門前町の盛り場を抜けて行く仁吉を慎重に尾行た。

「兄貴……」

由松が、幸吉に並んだ。

「野郎、着替えたんですかい……」

由松は、先を行く仁吉を示した。

「ああ。思い出したぜ。野郎、昔、和馬《かずま》の旦那や親分と追った霞の長五郎って盗賊の一味の花歌留多の仁吉だったぜ」

「花歌留多の仁吉、盗賊でしたかい……」

由松は、先を行く鹿に紅葉の花札の半纏の仁吉を睨み付けた。

「ああ……」

その昔、和馬、弥平次、幸吉たちは、盗賊の霞の長五郎一味を追い、お縄寸前で逃げられたのだ。

「でしたら、越後屋の下男の友造も霞の長五郎一味なんですかね」

由松は睨んだ。

「かもしれないな……」

幸吉は頷いた。

仁吉は、神田明神門前町の盛り場を抜けて明神下の通りに向かった。

幸吉と由松は、夜道を足早に行く仁吉を追った。


神田川の流れは朝陽に煌《きら》めいていた。

太市は、友吉を連れて神田川に架かっている浅草御門を渡り、蔵前通りを進んだ。

蔵前通りは浅草広小路に続いており、途中には鳥越橋《とりごえばし》、浅草御蔵《おくら》、駒形堂がある。その駒形堂の傍の駒形町に酒問屋『湊屋』はあった。

太市と友吉は、蔵前通りを進んだ。

「おう。太市じゃあないか……」

鳥越橋の袂にいた雲海坊《うんかいぼう》が、太市に声を掛けて来た。

「雲海坊さん……」

「やあ、この子が友吉か……」

雲海坊は、弥平次から友吉の父親捜しを聞いていた。

「はい。友吉、雲海坊さんだ」

「友吉です」

友吉は、雲海坊に挨拶をした。

「雲海坊だ。宜しくな。で、友吉のお父っつぁんは見付かったのかい」

「駒形町の酒問屋の湊屋にお父っつぁんと親しかった配達人足がいるそうでしてね。これから行く処です」

「よし。俺も付き合うぜ」

雲海坊は、太市と友吉と共に酒問屋『湊屋』に向かった。

酒問屋『湊屋』は、大川から吹く風に暖簾を揺らしていた。

「じゃあ、俺は店の表で待っているぜ」

「はい……」

太市と友吉は、酒問屋『湊屋』に入って行った。

雲海坊は、店先に佇んで成行きを見守った。

「何の用だい。忙しいから手早く頼むよ」

番頭は面倒そうに眉をひそめ、年若の太市と子供の友吉を侮《あなど》った。

「は、はい。お忙しい処、申し訳ありません。こちらの配達の人足に善吉さんって方がおいでになると聞いたのですが、今、いらっしゃいますか」

太市は丁寧に尋ねた。

「人足の善吉……」

番頭は、呆《あき》れたように太市を見詰めた。

「はい」

「人足の事なんか、他の者に聞くんだね」

番頭は突き放した。

嘗《な》められた……。

太市は、自分が年若なのが悔しかった。

「おう。分かったかい……」

雲海坊は、成行きを窺って入って来た。

「いえ……」

太市は、腹立たしげに首を横に振った。

「そうか。じゃあ、後は南町奉行所に出張《でば》って貰うしかねえか……」

雲海坊は、番頭を一瞥《いちべつ》して嘲笑《ちょうしょう》を浮べた。

「み、南町奉行所……」

番頭は戸惑った。

「御造作をお掛けしましたね……」

雲海坊は、番頭を見据えて言外に脅した。

「ま、待って下さい。お前さんたちは……」

番頭は焦った。

「手前共ですか。手前は柳橋の弥平次の身内の者でして、こっちは南町奉行所の秋山久蔵さまの御屋敷の方ですよ」

「柳橋の親分さんと南の御番所の秋山さま……」

番頭は驚いた。

「はい。お邪魔しました。では……」

雲海坊は、太市と友吉を促した。

「お、お待ち下さい。配達人足の善吉ですね」

番頭は、慌てて手代を呼んだ。

配達人足の善吉はいた。

手代は、太市、友吉、雲海坊を店の裏の酒蔵の傍の人足溜まりに案内した。

人足溜まりには、仕事を終えた人足が休息をしていた。

「善吉さん……」

手代は、溜りにいた人足の善吉を呼んだ。

無精髭《ぶしょうひげ》を伸ばした中年の人足が出て来た。

善吉だった。

「お前さんが善吉さんですかい……」

雲海坊は念を押した。

「へい……」

善吉は、戸惑った面持ちで頷いた。

「太市……」

雲海坊は促した。

「はい。善吉さん、あっしは太市って者ですが、神田連雀町の三河屋って酒屋に奉公していた友造さんって御存知ですか……」

太市は尋ねた。

「友造さん……」

善吉は戸惑った。

「はい」

「相州秦野の出の友造さんかい……」

善吉は、友造を知っていた。

「そうです。その友造さんです」

太市は声を弾ませた。

「お父っちゃん、何処にいますか……」

友吉は、顔を輝かせて善吉を見詰めた。

「お前、友造さんの倅《せがれ》かい……」

「はい。お父っちゃん、捜しに来たんです」

「そうか……」

善吉は、友吉を見る眼に不憫《ふびん》さを滲ませた。

「善吉さん、友造さんは今、何処にいるか御存知ですか……」

「そいつなんだがね。友造さん、三河屋から給金の良い此処に移り、あっしと一緒に人足働きをして、秦野に持って帰る金を貯めていたんだが……」

善吉は眉を曇らせた。

「どうかしたんですか……」

「友造さん、妙な野郎と知り合いになって博奕《ばくち》にのめり込み、すってんてんになっちまってねえ」

善吉は、腹立たしげに告げた。

「博奕ですってんてん……」

太市は眉をひそめた。

「ああ。そして、いつの間にかいなくなっちまった……」

善吉は告げた。

「いなくなった……」

太市は驚き、思わず友吉を見た。

友吉は、哀しげに項垂れた。

「知り合いになった妙な野郎ってのは、何処の誰か分かりますかい……」

雲海坊は訊いた。

「さあ、名前は分かりませんが、派手な半纏を着た野郎でしたよ」

「派手な半纏……」

雲海坊は眉をひそめた。

「ええ。背中に花札の札絵の図柄のある半纏でしてね。友造さん、何処で知り合ったのか……」

善吉は、吐息を洩らした。

「花札の札絵の図柄ねえ……」

「ええ……」

善吉は頷いた。

「それで、友造さんは此処から出て行ったんですか……」

「ええ。いつの間にか。もう何処に行っちまったのか。本所の竪川《たてかわ》の二つ目之橋の界隈で見掛けたって奴もいますけど、はっきりはしないんだな……」

善吉は首を捻った。

「本所竪川二つ目之橋界隈ですか……」

太市は、本所竪川二つ目之橋を思い浮べた。

南町奉行所の用部屋の障子は、陽差しに眩しく輝いていた。

「霞の長五郎の手下の花歌留多の仁吉か……」

久蔵は、厳しさを浮べた。

「はい……」

弥平次は頷いた。

「越後屋の下男の友造、仁吉の野郎と繋がっているなら、手引き役として潜り込んでいるんですかね……」

定町廻《じょうまちまわ》り同心の神崎《かんざき》和馬は読んだ。

「おそらくな……」

久蔵は頷いた。

「霞の長五郎、米問屋の越後屋の押し込みを企《たくら》んでいますか……」

「ああ。で、柳橋の、花歌留多の仁吉、入谷《いりや》にいるんだな」

「はい。鬼子母神《きしもじん》の傍の裏長屋に。幸吉と由松が張り付いています」

「よし……」

「それから昨夜、仁吉は神田明神門前町の外れにある白梅と云う小料理屋に立ち寄って着替えたそうです。きっと白梅の亭主も霞の長五郎に拘わりのある者と……」

「小料理屋の白梅か、そいつは和馬、お前が探りを入れるんだな」

「心得ました」

「でしたら勇次を付けます」

「頼む」

「よし。霞の長五郎、必ずお縄にしてやるぜ」

「はい……」

和馬は、勢い込んで頷いた。

「それにしても秋山さま。友吉のお父っつぁん捜し、思わぬ事になりましたね」

「ああ。友造、拘わりなきゃあ良いんだがな」

久蔵は眉をひそめた。

四

入谷鬼子母神傍の裏長屋は、昼間の静けさに覆われていた。

幸吉と由松は、裏長屋の木戸から花歌留多の仁吉の家を見張っていた。

昨夜、仁吉は神田明神門前町の盛り場から下谷広小路を抜け、入谷の裏長屋に戻った。

幸吉と由松は見届け、弥平次に報せて見張りに就いた。

仁吉の家の腰高障子《こしだかしょうじ》が開いた。

「兄貴……」

「うん……」

由松と幸吉は、木戸の陰に潜んだ。

仁吉が現れ、鹿に紅葉の図柄の半纏を翻して裏長屋を出て行った。

幸吉と由松は、仁吉を追った。

神田明神門前町の盛り場は、遅い朝を迎えていた。

小料理屋『白梅』では、年増の女将が格子戸を開けて店内の掃除をしていた。

「あの年増が女将のおさいですね」

勇次は、黒紋付羽織を脱いで浪人を装った和馬に囁いた。

「ああ……」

和馬と勇次は、小料理屋『白梅』の斜向かいの路地から見張った。

禿頭の中年男が、竹籠を持って出て来た。

「じゃあ、行ってくるぜ」

禿頭の中年男は、女将のおさいに声を掛けて出掛けた。

「亭主で板前の藤兵衛ですぜ」

「ああ。仕入れに行くのかな。ま、とにかく追うぜ……」

和馬は、勇次を連れて禿頭の藤兵衛を追った。


本所竪川は大川と中川を結び、様々な荷船が行き交っていた。

太市と友吉は、神田川に架かる柳橋の袂で雲海坊と別れ、両国橋を渡って本所竪川にやって来た。そして、竪川通りを東に進んで二つ目之橋の上に佇んだ。

太市と友吉は、不安げに周囲を見廻した。

竪川を挟んだ南北の竪川通りには、松井町《まついちよう》や林町《はやしちよう》、相生町《あいおいちよう》の町家が連なり、人々が行き交っていた。

友吉の父親の友造は、連なる町の何処かにいるのかもしれない。

太市は、友吉を窺った。

友吉は、二つ目之橋を渡る人や竪川通りを行き交う人々の中に父親の友造を捜していた。しかし、友造は見付からなかった。

「太市さん……」

友吉は、泣き出しそうな面持ちで太市を見上げた。

「友吉、此処で達磨凧をあげよう」

太市は告げた。

「達磨凧……」

「うん。お父っちゃんが此の辺にいれば、必ず達磨凧に気が付くぞ」

太市は、友吉を励ました。

「うん……」

友吉は頷いた。

入谷から新寺町《しんてらまち》の通りを抜けて浅草に出る。そして、大川に架かる浅草吾妻橋《あづまばし》を渡ると北本所だ。

花歌留多の仁吉は、吾妻橋を渡って大川沿いの道を両国橋に向かった。

幸吉と由松は、慎重に尾行た。

仁吉は、時々背後を振り向き、尾行を警戒しながら進んだ。

「仁吉の野郎、警戒していやがるな」

「ええ。あっしが先に行きますぜ」

由松は、幸吉を残して小走りに裏通りに入って行った。

幸吉は、仁吉の鹿に紅葉の半纏を見据えて追い続けた。

大川に架かる両国橋は、大勢の人が行き交っていた。

小料理屋『白梅』の亭主の藤兵衛は、竹籠を担いで両国橋を渡り、本所元町《もとまち》に進んだ。

和馬と勇次は、行き交う人々に紛れて藤兵衛を追った。

藤兵衛は、本所元町を抜けて竪川に架かる一つ目之橋の袂に出た。そして、竪川通りを二つ目之橋に向かった。

和馬と勇次は追った。

仁吉は、両国橋の袂から竪川に出て二つ目之橋を渡り、萬徳山弥勒寺《まんとくさんみろくじ》の前を進んだ。そして、五間堀《ごけんぼり》に架かる弥勒寺橋を渡って北森下町《きたもりしたちょう》に入った。

幸吉は、充分に距離を取って追った。

仁吉は、五間堀に面した古い茶店に入った。

幸吉は見届けた。

「兄貴……」

路地から由松が現れた。

「茶を飲みに寄ったのですかね」

由松は、五間堀に面した古い茶店を示した。

古い茶店では、弥勒寺に来た客が茶を飲んでおり、中年の亭主が相手をしていた。

「仁吉の野郎、茶店の奥に入ったようですね」

「ああ。ひょっとしたら、あの茶店が霞の長五郎の隠れ家かもな……」

幸吉は睨んだ。

「兄貴……」

由松は、二つ目之橋からの通りを来る禿頭の藤兵衛を示した。

「誰だ……」

「あの禿頭、ひょっとしたら小料理屋白梅の亭主の藤兵衛じゃありませんかね」

由松は睨んだ。

藤兵衛は、弥勒寺橋を渡って古い茶店に向かった。

幸吉と由松は、物陰から見守った。

藤兵衛は、中年の亭主に迎えられて古い茶店に入った。

幸吉と由松は見届けた。

和馬と勇次が、弥勒寺橋に駆け寄って来た。

幸吉と由松は、和馬と勇次に気付いた。

「此処を頼む……」

幸吉は告げた。

「承知……」

由松は、古い茶店を見詰めたまま頷いた。

幸吉は、和馬と勇次のいる弥勒寺橋の袂に急いだ。

「旦那……」

勇次は、やって来る幸吉を和馬に示した。

和馬は、幸吉に気付いた。

幸吉は、和馬と勇次に頷いて弥勒寺橋を渡った。

和馬と勇次は続いた。

幸吉は、弥勒寺の山門を潜った。

萬徳山弥勒寺の境内には、住職の読経《どきょう》の声が響いていた。

幸吉は振り返り、和馬と勇次を待った。

「幸吉……」

「御苦労さまです。あの禿頭、白梅の亭主の藤兵衛ですか……」

「うん。で、そっちは……」

「花歌留多の仁吉を追ってあの茶店に……」

幸吉は告げた。

「じゃあ、あの茶店は……」

和馬は、厳しさを滲ませた。

「ええ。霞の長五郎の隠れ家だと思います」

「隠れ家に、一味の仁吉や藤兵衛が集まるって事は、まさか……」

和馬は眉をひそめた。

「そのまさかかもしれません……」

幸吉は頷いた。

和馬と幸吉は、盗賊の霞の長五郎一味による米問屋『越後屋』押し込みは、今夜だと読んだ。

「よし。勇次、この事を秋山さまと親分に報せてくれ」

和馬は命じた。

「承知……」

勇次は走った。


柳橋の弥平次は、雲海坊に両国米沢町の米問屋『越後屋』の下男の友造を見張らせ、勇次と一緒に南町奉行所の久蔵の許に急いだ。

秋山久蔵は、勇次から和馬と幸吉の見立てを聞いた。

「霞の長五郎、和馬と幸吉の見立て通りに動くかもしれねえな」

久蔵は読んだ。

「では、秋山さまも……」

「ああ。霞の長五郎、今夜、下男の友造の手引きで越後屋に押し込む魂胆だぜ」

「越後屋には雲海坊を走らせましたが、どうします……」

「霞の長五郎一味、茶店にいる内にお縄にするか……」

久蔵は、小さく笑った。

「そいつが良いでしょうね」

弥平次は、笑みを浮べて頷いた。

「よし。先ずは茶店に霞の長五郎がいるかどうかと、手下の人数を確《しか》と見定めてくれ」

久蔵は命じた。

「はい」

「俺も後から行くぜ」

「承知しました。では……」

弥平次は、勇次を伴って久蔵の用部屋を後にした。

久蔵は、出掛ける仕度を始めた。

太市が、用部屋の庭先にやって来た。

「旦那さま……」

「おう。どうした……」

久蔵は、濡縁《ぬれえん》に出た。

「友造さん、どうやら本所の竪川に架かる二つ目之橋界隈にいるようです」

「竪川の二つ目之橋……」

久蔵は眉をひそめた。

「はい……」

太市は、酒問屋『湊屋』の人足の善吉に聞いた話を久蔵に伝えた。

「そうか。友造、博奕にのめり込んで姿を消したのか……」

「はい。背中に花札の絵柄のある半纏を着た妙な奴に誘われての事のようです」

太市は告げた。

「花札の絵柄の半纏だと……」

久蔵は、厳しさを滲ませた。

「はい」

太市は頷いた。

花歌留多の仁吉だ……。

久蔵は、友造を博奕に誘い込んだのが、霞の長五郎一味の花歌留多の仁吉だと気が付いた。

本所竪川二つ目之橋と弥勒寺傍の茶店は近い……。

弥勒寺傍の茶店は、竪川の二つ目之橋界隈と云える。

ひょっとしたら茶店の中年の亭主は、友吉の父親の友造なのかもしれない。

久蔵の勘が囁いた。

「で、太市はどうするつもりだ」

久蔵は訊いた。

「はい。友吉と二つ目之橋から達磨凧をあげてみようと思います」

「達磨凧……」

「はい。友造さんが見たら必ず現れてくれると思いますので……」

「現れるか……」

久蔵は、想いを巡らせた。

友吉の父親の友造が、盗賊の霞の長五郎一味になっていたらどうする。

長五郎、仁吉、藤兵衛、そして米問屋『越後屋』の下男の友造たちと一緒にお縄にするしかない。だが、一味と云うより、博奕の借金の為に何も知らずに働かされているとしたならお縄にする必要はない。

先ずは、茶店の中年の亭主が友造かどうか見定めるしかないのだ。そして、もし霞の長五郎一味の盗賊になっていたなら、友吉に知られずに始末しなければならない……。

「如何《いかが》でしょうか……」

太市は、久蔵の様子を窺った。

「よし。太市、達磨爪、あげてみな……」

久蔵は決めた。

五間堀に面した茶店には訪れる客も少なく、中年の亭主は暇を持て余したように掃除や片付けを繰り返していた。

和馬、幸吉、由松は、茶店を見張った。

勇次の操る屋根船が、弥平次を乗せて五間堀に架かる弥勒寺橋の船着場にやって来た。

弥平次は、屋根船を打ち合わせや休息の場に使う事にしていた。

「押し込みに行く前にお縄にするか……」

和馬は、弥平次から久蔵の狙いを聞いた。

「はい。で、肝心なのは霞の長五郎が本当にいるのか、手下は何人かです……」

「そいつなんだが、俺たちが見張ってから入って行ったまま出て来ない者は、浪人が一人に町方の者が二人の三人……」

「それに仁吉と藤兵衛で五人ですか……」

弥平次は、手下の盗賊の人数を読んだ。

「うん。先に来ている者がいなければ、後は霞の長五郎と茶店の亭主を入れて七人だ」

「はい」

「だが、はっきりしないのは霞の長五郎がいるかどうかだな」

和馬は眉をひそめた。

「ま、仁吉や藤兵衛など一味の者が五人も集まったのが、頭《かしら》の霞の長五郎がいる証《あかし》とも云えますがね」

「そりゃあそうだが、今一つ確かな証がな……」

和馬は、霞の長五郎の所在を見定める手立てを思案した。

本所竪川の流れは西日に輝いた。

太市と友吉は、達磨凧を手にして二つ目之橋の上に佇んだ。

太市は風を窺った。

風は西の大川から東に吹いていた。

「風は西から東だ。上手くあがるかな」

「お父っちゃんの作った達磨凧、どんな時でもちゃんとあがるよ」

友吉は、達磨凧をあげる仕度を始めた。


着流し姿の久蔵は、二つ目之橋の南詰から太市と友吉を見守った。

太市と友吉は、達磨凧をあげ始めた。

久蔵は、二つ目之橋の南詰から弥勒寺への道を進んだ。


茶店は、五間堀に架かる弥勒寺橋から見えた。

久蔵は、弥勒寺橋を渡って五間堀沿いにある茶店に向かった。

和馬や弥平次たちは、久蔵がやって来たのに微かに戸惑った。

久蔵は、茶店に入って縁台に腰掛けた。

「おいでなさいませ」

中年の亭主が久蔵を迎えた。

友吉の父親の友造なのか……。

「やあ。茶を貰おう」

久蔵は注文した。

「はい。只今……」

中年の亭主は、奥に入って行った。

久蔵は、微笑みながら周囲を見廻した。

周囲に潜んでいる和馬や弥平次たちは、久蔵が何をするのか見守った。

久蔵は、空を見上げた。

空には弥勒寺の大屋根が見え、その向こうに赤い達磨凧があがっていた。

久蔵は、眩しげに眼を細めた。

達磨凧は、空に悠然と浮かんでいた。

「お待たせしました」

中年の亭主が茶を持って来た。

「見てみな。珍しい凧だぜ……」

久蔵は、中年の亭主に空に浮かぶ達磨凧を示した。

中年の亭主は、久蔵の視線を追って達磨凧に気付いた。

「あっ……」

中年の亭主は、空に浮かぶ達磨凧を見て顔色を変えた。

久蔵は見逃さなかった。

中年の亭主は、友吉の父親の相州秦野から来た友造なのだ。

久蔵は見届けた。

「相州秦野の達磨凧だな」

久蔵は鎌を掛けた。

「はい……」

中年の亭主は、達磨凧を泣き出しそうな面持ちで見上げたまま頷いた。

「あの達磨凧、友吉って子供がお父っちゃんを捜す為にあげているんだぜ」

久蔵は、泣き出しそうな面持ちの中年の亭主を見据えて告げた。

中年の亭主は、久蔵の言葉に激しく狼狽《うろた》えて茶店を出た。そして、達磨凧のあげられている処を探すかのように弥勒寺橋に向かった。

久蔵は追った。

弥勒寺橋を渡った中年の亭主は、二つ目之橋に向かって進み、弥勒寺の土塀の陰に入った。

「待て、友造……」

久蔵は呼び止めた。

友造は、我に返ったように立ち止まり、久蔵を振り返った。

「三年前、相州秦野から出稼ぎに来た友造だな」

久蔵は見据えた。

「は、はい……」

友造は、怯えを滲ませて立ち竦《すく》んだ。

「茶店は盗賊霞の長五郎の隠れ家だな」

久蔵は尋ねた。

「お侍さまは……」

友造は、喉を引き攣《つ》らせて声を嗄《か》らした。

「南町奉行所の者だ」

「そうでしたか……」

友造は、観念したように項垂れた。

「茶店に長五郎はいるのか……」

「おります……」

友造は頷いた。

「で、友造。お前、霞の長五郎一味の盗賊なのか……」

「違う。違います」

友造は、悲鳴のように叫んだ。

「手前は、博奕の借金の形《かた》に茶店の店番をさせられているだけです」

「じゃあ何故、盗賊の一味と知って逃げなかったのだ」

「逃げたら相州秦野にいる女房子供を皆殺しにすると、仁吉が……」

友造は、苦しげに鼻水をすすった。

「花歌留多の仁吉か……」

「はい。だから逃げられませんでした。本当です。信じて下さい」

友造は、久蔵を見詰めて必死に訴えた。

嘘はない……。

久蔵は、友造が霞の長五郎一味の盗賊ではないと見定めた。

「ならば、一緒に来るが良い……」

久蔵は、友造を伴って二つ目之橋に向かった。

赤い達磨凧は、夕方の空に悠然と浮かんでいた。

友吉は、父親の友造が見てくれるのを願って達磨凧をあげていた。

太市は、達磨凧をあげる友吉を見守った。

「友吉……」

友造の涙声が、二つ目之橋の南詰から友吉を呼んだ。

友吉は、声のした二つ目之橋の南詰を見た。

友造が、久蔵に伴われていた。

「お父っちゃん……」

友吉は、達磨凧の糸を太市に預けて友造の許に走った。

太市は、落ちかける達磨凧の糸を慌てて巻いた。

「友吉……」

友吉は、泣きながら友造に抱き付いた。

友造は、友吉を抱き締めた。

友吉と友造は、抱き合ったまま言葉もなく泣き続けた。

久蔵は、達磨凧の糸を巻いている太市に近寄った。

「旦那さま……」

「御苦労だったな太市……」

「はい。友吉、お父っちゃんにやっと逢えて良かったです」

「ああ……」

久蔵と太市は、抱き合って泣く友造と友吉父子を優しく見守った。

「太市、御苦労ついでに二人を屋敷に連れて行ってくれ」

久蔵は笑顔で命じた。

「心得ました」

太市は頷いた。

「じゃあ、俺は盗賊を片付けて来るぜ」

久蔵は、不敵な笑みを浮べて弥勒寺傍の茶店に向かった。

久蔵は、弥勒寺橋の袂に佇んだ。

「秋山さま……」

和馬と弥平次が現れ、近寄った。

「霞の長五郎は茶店にいる……」

久蔵は告げた。

「いますか……」

和馬は、顔を輝かせて身震いした。

「茶店の亭主、友造さんだったようですね」

弥平次は読んだ。

「ああ。博奕の借金の形に茶店で働かされていたそうだ」

「じゃあ、茶店にいるのは、長五郎の他に仁吉と藤兵衛、それに浪人が一人と町方の奴が二人の六人……」

和馬は告げた。

「こっちも六人。どうします……」

弥平次は、久蔵に指示を仰いだ。

「よし、俺と和馬が表から踏み込む。柳橋は幸吉、由松、勇次と裏から頼む」

「心得ました」

和馬と弥平次は頷いた。

「いいか。捕物出役と違い、人数は五分と五分。俺たち町方は生かして捕えるのが定法だが、遠慮と情けは無用。手に余れば息の根を止めろ。さもなければ逃げられるか、こっちが怪我をする。良いな」

久蔵は、和馬と弥平次に厳しく言い渡した。

和馬と弥平次は、喉を鳴らして頷いた。

「よし。行くぜ」

久蔵は、不敵な笑みを浮べて命じた。

久蔵は、和馬を従えて茶店の土間の奥に進んだ。

長五郎の手下が、居間から顔を出した。

刹那《せつな》、久蔵は手下の鳩尾《みぞおち》に拳《こぶし》を叩き込んだ。

手下は、気を失って崩れ落ちた。

和馬は、気を失った手下を素早く隅に引き摺り退《ど》かした。

久蔵は、居間にあがった。

「何だ、手前は……」

居間にいた浪人と残る手下が、驚き怒声をあげて立ち上がった。

久蔵は、刀を抜いた浪人の太股《ふともも》を抜き打ちに斬った。

浪人は、刀を握り締めたまま倒れた。

残る手下は逃げようとした。

和馬は追い縋り、十手《じって》で容赦なく叩きのめした。

久蔵は、閉められていた襖《ふすま》を蹴倒した。

座敷には、仁吉と藤兵衛が初老の痩せた男を庇うように身構えていた。

「盗賊の霞の長五郎だな」

久蔵は、初老の痩せた男に笑い掛けた。

「お侍さんは……」

霞の長五郎は、嗄《しゃが》れ声を震わせた。

「俺か、俺は南町奉行所の秋山久蔵だぜ」

「秋山久蔵……」

長五郎は驚いた。

「長五郎、米問屋越後屋押し込みの企み、これ迄だぜ」

久蔵は告げた。

仁吉と藤兵衛が、匕首《あいくち》を振り廻し、獣のような叫びをあげて久蔵と和馬に突進した。

久蔵と和馬は、仁吉と藤兵衛の突進を躱《かわ》した。

幸吉、由松、勇次、弥平次が、仁吉と藤兵衛の前に現れた。

「花歌留多の仁吉、藤兵衛、神妙にしやがれ」

幸吉は怒鳴り付けた。

由松と勇次は、それぞれの得物《えもの》で仁吉と藤兵衛に襲い掛かった。

仁吉と藤兵衛は、由松や勇次と必死に闘った。

和馬と幸吉が闘いに加わった。

仁吉と藤兵衛は、絶望的な悲鳴をあげた。

和馬、幸吉、由松、勇次は、仁吉と藤兵衛を容赦なく打ちのめした。

長五郎は、その場に座ったまま逃げようとはしなかった。

「長五郎、良い覚悟じゃあねえか……」

「畏《おそ》れいります」

長五郎は頭を下げた。

「処で長五郎、茶店にいた親父は素人のようだな」

「ああ。野郎は博奕も満足に打てねえ田舎者。茶店の店番が似合いの野郎ですぜ」

長五郎は苦笑した。

「そうかい……」

久蔵は笑った。

盗賊の霞の長五郎一味はお縄になった。

久蔵は、和馬と弥平次たちに霞の長五郎一味を大番屋に入れるように命じ、両国米沢町の米問屋『越後屋』に急いだ。

米問屋『越後屋』には、雲海坊が見張りに付いていた。

「こりゃあ、秋山さま……」

「おう、雲海坊。下男の友造は何処にいる」

「米蔵に……」

「よし。お縄にするぜ」

久蔵は、雲海坊を従えて『越後屋』の米蔵に向かった。

下男の友造は、米蔵で掃除をしていた。

「お前が友造の名を騙っている盗賊かい」

久蔵は、下男の友造に笑い掛けた。

友造は、逸早《いちはや》く事態を察知して身を翻した。

雲海坊が、錫杖《しやくじよう》を投げ付けた。

錫杖は、鐶《かん》を鳴らして友造の脚に絡まった。

友造は、脚を縺《もつ》れさせて転んだ。

久蔵は、転んだ友造を引き摺り起こして殴り飛ばした。


盗賊霞の長五郎と花歌留多の仁吉、藤兵衛は死罪、残る盗賊たちは遠島《えんとう》の仕置が下された。そして、友造の身許を騙って米問屋『越後屋』に下男奉公し、手引き役を務めていた盗賊も死罪とされた。

盗賊霞の長五郎一味は、友造が友吉に作ってやった達磨凧によって叩き潰された。

久蔵は、友造を無罪放免にし、霞の長五郎一味から押収した金の内の十両を与えた。

「その金を持って友吉と秦野に帰りな」

友造は、久蔵の言葉に泣いて感謝した。

友吉は、達磨凧を礼の印に残して父親の友造と相州秦野に旅立った。

太市と大助は、秋山屋敷の庭から達磨凧をあげて友吉と友造を見送った。

友吉と友造は、蒼い空に舞う達磨凧を振り返りながら帰って行った。

達磨凧は、江戸の町を見下ろすように蒼い空に浮かんでいた。

太市と大助は、凧あげを楽しんでいた。

久蔵は、座敷の濡縁に腰掛けて蒼い空に浮かぶ達磨凧を見上げた。

「旦那さま……」

香織が茶を持って来た。

「うん……」

香織は、久蔵に茶を差し出して達磨凧を見上げた。

「見事な凧ですねえ……」

「ああ。偉そうな面《つら》をして俺たちを見下ろしていやがるぜ」

久蔵は、蒼い空に浮かぶ達磨凧を苦笑しながら見上げた。

達磨凧は、八丁堀の蒼い空に悠然と舞い続けた。

# 第二話

# 生き耻

一

如月《きさらぎ》――二月。
二月の最初の午《うま》の日が初午である。
初午は、京の伏見稲荷大社の神が降りた日とされ、全国の稲荷社を祭る。
稲荷社の多い江戸の町は、奉納する絵馬売りや太鼓売りの行商人で賑わう。
神田川に架かる新シ橋《あたらばし》は、柳原通りと向柳原《むこうやなぎわら》の通りを繫いでいた。
柳原通りの柳並木は、吹き抜ける夜風に枝を揺らしていた。
提灯の明かりが、向柳原からやって来て新シ橋を渡り始めた。
大店の旦那とお供の手代の二人連れだった。
お供の手代は、提灯で旦那の足元を照らしながら新シ橋を渡って柳原通りに出た。
刹那、新シ橋の袂の柳の木陰から現れた覆面の侍が、無言のまま手代を斬り棄てた。

手代は、悲鳴をあげて倒れた。

地面に落ちた提灯が炎をあげた。

旦那は逃げた。

覆面の侍は追い縋り、逃げる旦那の背を袈裟懸《けさが》けに斬った。

旦那は、背から血を飛ばし、大きく仰《の》け反《ぞ》って倒れた。

覆面の侍は、倒れた旦那の懐から財布を奪い取り、新シ橋から向柳原に走り去った。

提灯は燃え盛った。


南町奉行所の用部屋は、手焙《てあぶ》りの炭火だけでは容易に暖まらなかった。

定町廻り同心の神崎和馬は、手焙りを抱えるようにして秋山久蔵の来るのを待った。

「おう。待たせたな……」

久蔵が、書類を持って用部屋に入って来た。

和馬は、慌てて手焙りから離れた。

「いえ……」

和馬は、居住まいを正した。

久蔵は、苦笑しながら和馬と向かい合った。

「で、何があった……」

「昨夜、新シ橋の南詰で辻強盗が……」

「辻強盗……」

「はい。神田岩本町《いわもとちょう》の釘鉄銅物問屋上総屋《かずさや》の主と手代が斬られ、主の忠兵衛《ちゅうべえ》が財布を奪われました」

「二人は……」

「主の忠兵衛は死に、手代は辛《かろ》うじて命を取り留めました」

「そうか。で、奪われた財布に金は幾ら入っていたのだ」

「五両ぐらいだそうです」

「辻強盗、どんな野郎か分かっているのか……」

「覆面をした侍でして、新シ橋を渡って向柳原に逃げ去ったと……」

「向柳原か……」

久蔵は眉をひそめた。

向柳原は、浅草三味《しゃみ》線堀《せんぼり》に続いており、大名や旗本の屋敷が連なっている。

久蔵は、覆面をした辻強盗の侍がそうした屋敷に拘わりのある者と読んだ。

「はい。大名や旗本家に拘わりのある者なら面倒ですね」

和馬は、腹立たしげに吐息を洩らした。

「面倒でも放っておく訳にはいかねえ」

「はい。今、幸吉たちが三味線堀界隈の大名旗本屋敷の中間《ちゅうげん》小者に聞き込みを掛け、辻強盗を働きそうな陸《ろく》でなしを洗い出しています」

「そうか……」

「では、私も三味線堀に……」

「うむ。御苦労……」

和馬は、報告を終えて用部屋を出た。

「辻強盗か……」

久蔵は呟き、手焙りを脇に引き寄せて書類を開いた。

向柳原の通りには、対馬《つしま》国府中藩江戸上屋敷などの大名や旗本の屋敷が並び、三味線堀に続く。三味線堀の周囲には、出羽国秋田藩、下野《しもつけ》国烏山藩、越後国三日市藩などの江戸上屋敷を始めとした大名屋敷と旗本屋敷が甍《いらか》を連ねていた。

幸吉、雲海坊、由松、勇次は、三味線堀界隈の大名旗本屋敷の中間小者に聞き込みを掛けていた。

乱暴者……。

遊び人……。

金遣いの荒い者……。

大名旗本家の評判の悪い若様、部屋住み、家来が数人浮かんだ。

金を奪うのが目的である限り、乱暴者より遊興費欲しさの遊び人の仕業とみるべきなのかもしれない。

幸吉、雲海坊、由松、勇次は、遊び歩いている者や金遣いの荒い者に絞り込んだ。

「で、誰か浮かんだのか……」

和馬は、船宿『笹舟』の台所で幸吉、雲海坊、由松、勇次と一緒に昼飯を食べながら尋ねた。

「ええ。四人程……」

幸吉は、大皿に盛られた焼き魚や煮物などの総菜を置いた大きな飯台の向こうにいた。

「四人か……」

船宿『笹舟』は、船頭や女中たち奉公人と幸吉たちの為に、台所の大きな飯台でいつでも飯が食べられるようになっていた。

和馬は、幸吉たちの昼飯に加わって聞き込みの結果を聞いていた。

「どんな奴らだ」

「大名の若様が一人に旗本の部屋住みが二人、残りの一人は旗本家の家来です」

由松は、そう云いながら飯のお代わりをしていた。

「その四人、金遣いの荒い遊び人なのか……」

「ええ。飲む打つ買うの三拍子が揃っていましてね。大名の若様はしょっちゅうお微行《しのび》で吉原通い、旗本の部屋住みの一人は女郎の処に入り浸り、残る一人は博奕に無我夢中。金は幾らあっても足りないと、大名の若様や旗本の部屋住みは、家来に金を借りようとしたって笑い話があるぐらいでしてね……」

雲海坊は、嘲《あざけ》りを浮べて味噌汁をすすった。

「そいつは面白いな」

和馬は、思わず口の中の飯を吹き出しそうになった。

「で、残る一人の家来は、酒に現《うつつ》を抜かしている野郎でしてね。あっちこっちの飲み屋に付けを溜めて、借金取りに追い掛けられているそうですよ」

勇次は、和馬、幸吉、雲海坊、由松に茶を淹れた。

「そうか。忝《かたじけ》ない……」

和馬は、勇次の淹れてくれた茶を飲んだ。

「ま、みんなの聞き込みを纏《まと》めて吟味したらこの四人ぐらいだとなりましてね。大名の若様はともかく、先ずは二人の旗本の部屋住みと家来から洗ってみますよ」

幸吉は、和馬に告げた。

「よし、俺もやるぜ。とにかく、相手は旗本やその家臣で町奉行所の支配違い。無理は禁物、呉々《くれぐれ》も気を付けてくれ」

和馬は茶を飲み干した。

柴崎小五郎《しばさきこごろう》と松田竜之介《まつだりゅうのすけ》……。

それが、二人の旗本の部屋住みの名前だった。

和馬と由松は、女郎に入れ揚げている柴崎小五郎を洗う。

　幸吉と勇次は、博奕に夢中になっている松田竜之介を調べる。

　雲海坊は、旗本家の家来で酒に溺れている中谷《なかや》市之丞《いちのじょう》の見張りを始めた。

　柴崎小五郎の屋敷は、越後国三日市藩江戸上屋敷の隣りにあった。

　和馬と由松は、斜め向かいにある筑後国柳河藩江戸中屋敷の中間頭に小粒を握らせて中間部屋を見張り場所にした。

「柴崎の部屋住みか……」

　中間頭は、小五郎が嫌いなのか嘲りを浮べた。

「うん。評判、余り良くないようだな」

　由松は尋ねた。

「ああ。女郎に入れ揚げて家の金を持ち出す大馬鹿野郎だ」

「剣の腕の方はどうだ」

　和馬は、柴崎小五郎が人を斬る程の腕を持っているかどうか見定めようとした。

「そいつは、からっきしですぜ」

　中間頭は一笑に付した。

「からっきし……」

和馬は戸惑った。

「ええ、からっきし駄目。去年の夏、夜中に帰って来た処を野良犬に吠え掛かられ、尻を咬《か》まれて逃げ廻っていましたぜ」

「刀を持っていてか……」

和馬は呆れた。

「ええ。あいつは犬も斬れない腰抜けですぜ」

中間頭は苦笑した。

「旦那、尻を咬んだ犬も斬れない野郎に辻強盗が出来ますかね」

由松は首を捻った。

「うむ。ま、確と見届ける迄だ」

和馬は笑みを浮べた。

「おっ。腰抜けが出掛けるぜ」

中間頭が、武者窓から外を見ながら告げた。

和馬と由松は、武者窓に寄って斜向かいの柴崎屋敷を見た。

着流しの若い侍が、若い家来を従えて柴崎屋敷から出て来ていた。

「奴が部屋住みの小五郎か……」

和馬は、若い着流しの侍を示した。

「ええ。もう一人は片岡右近《かたおかうこん》って家来でしてね。お調子者の腰巾着。きっと岡場所に行くんですぜ」

中間頭は読んだ。

「よし。追うぞ」

和馬は、由松を促して中間部屋を出た。

柴崎小五郎は、家来の片岡右近を従えて柳河藩江戸中屋敷の前を通り、下谷七《しち》軒町《けんちょう》の通りを下谷広小路に向かった。

和馬と由松が、柳河藩江戸中屋敷の潜り戸から現れ、柴崎小五郎と片岡右近を追った。

もう一人の旗本の部屋住み、松田竜之介の屋敷は秋田藩江戸上屋敷の裏手にあり、伊勢国津藩江戸中屋敷の隣りにあった。

幸吉と勇次は、物陰から松田屋敷を見張った。

「幸吉の兄貴、部屋住みの竜之介が賭場に行くとしたら日が暮れてからでしょうね」

勇次は読み、微かな苛立ちをみせた。

「きっとな。でも、その前に出掛けられちゃあ拙《まず》いからな。ま、探索に無駄は付き物。無駄も探索の内だぜ……」

幸吉は、小さな笑みを浮べた。

「へえ、何だか良く分からないけど、幸吉の兄貴は学があるんですね」

勇次は感心した。

「なあに、昔、秋山さまが和馬の旦那に云っていたのを聞き齧《かじ》った迄だぜ」

幸吉は苦笑した。

松田屋敷は静けさに包まれていた。

幸吉と勇次は、松田竜之介が出て来るのを辛抱強く待ち続けた。

陽は西に廻り、松田屋敷の甍は輝いた。


中谷市之丞は、肥前国平戸藩江戸上屋敷裏を流れる鳥越川沿いに屋敷のある旗本堀田《ほった》一学《いちがく》に奉公していた。

堀田一学は、三千石取りの旗本であり、中谷市之丞は先祖代々の家来だった。

雲海坊は、物陰から堀田屋敷を見張った。

中谷市之丞は、三十歳代で堀田家の物頭《ものがしら》を務めていた。物頭は足軽の頭だが、役目に就いていない寄合の旗本家では閑職だった。

羽織袴姿の武士が、堀田屋敷の裏門に続く路地から顔を出した。

中谷市之丞は、三十歳代にしては髪の毛が薄く髷《まげ》の小さな男……。

羽織袴姿の武士は、歳の頃は三十歳ぐらいで髷の小さな男だった。

中谷市之丞だ……。

雲海坊は、羽織袴姿の武士を中谷市之丞だと見定めた。

中谷市之丞は、堀田屋敷の表を探るように見廻し、中間や小者のいないのを見定めて元鳥越町に向かった。

もう酒を飲みに行くのか……。

雲海坊は睨み、苦笑しながら追った。

谷中《やなか》は夕陽に覆われた。

柴崎小五郎は、富籤《とみくじ》で名高い谷中感応寺《かんのうじ》門前のいろは茶屋に通い詰めていた。

〝いろは茶屋〟の名の謂《いわ》れは、いろは四十八文字と同じ四十八軒の茶屋があったからとか、いろはの文字の暖簾を下げていたからなどの諸説がある。

柴崎小五郎は、供をして来た片岡右近を残して『鶴乃家《つるのや》』と云う屋号の茶屋に入った。

和馬と由松は見届けた。

片岡右近は、茶屋『鶴乃家』に入った柴崎小五郎を見送り、大きく伸びをして歩き出した。

「片岡は茶屋にあがらないようですね」

「うん。柴崎は暫く出て来るまい。片岡が何処に行くのか追ってみよう」

和馬は、立ち去って行く片岡を示した。

「承知……」

和馬と由松は、片岡を追った。

松田屋敷から若い武士が出て来た。

若い武士は、老下男に見送られて出掛けた。

幸吉は、見送る老下男に駆け寄った。

「ちょいとお尋ねしますが、今、出て行かれたお侍さまは、こちらの御家来衆の方でしょうか……」

「いいえ。あのお方は若様の竜之介さまにございますが……」

老下男は、戸惑いながら告げた。

「そうですか。御造作をお掛け致しました」

幸吉は、老下男に礼を云ってそそくさと門前を離れ、松田竜之介を追った。

物陰にいた勇次は続いた。

屋敷を出た松田竜之介は、筑後国柳河藩江戸上屋敷の表門前に出て西に向かった。

幸吉と勇次は、充分に距離を取って尾行た。

松田竜之介は、柳河藩江戸上屋敷の塀の西の端を北に曲がった。そして、下谷廣徳寺前の通りに進んだ。

賭場に行くのか……。

幸吉と勇次は追った。

夕暮れは武家屋敷街を覆った。

赤提灯は夜風に揺れた。

片岡右近は、谷中八軒町《はちけんちょう》の飲み屋の暖簾を潜った。

和馬と由松は見届けた。

「主持《しゅうも》ちは辛いもんですね」

由松は、柴崎小五郎が女郎と遊び終わるのを待つ片岡右近に同情した。

「ああ。僅かな扶持米《ふちまい》でもくれれば主、貰えば家来だ」

和馬は、己を嘲るような笑みを浮べた。

「酒でも飲まなきゃあ待っていられませんか」

「まあな。よし、俺たちも一杯やるか……」

和馬は、黒紋付羽織を脱いだ。


飲み屋に客は少なかった。

黒紋付羽織を脱いだ和馬は、浪人を装って由松と共に飲み屋の暖簾を潜った。

片岡右近は、奥の隅で酒を飲んでいた。

和馬と由松は、片岡右近の隣りに座って酒を注文した。

片岡右近は、和馬と由松に笑みを浮べて目礼した。

「やあ……」

和馬は会釈をした。

一人で退屈している……。

由松は睨んだ。

「おまちどおさま……」

店主が、和馬と由松に徳利を持って来た。

「おう。待ち兼ねた。ささ、旦那……」

由松は、和馬に徳利を向けた。

「おう……」

和馬は、猪口を出した。

由松は、和馬の猪口に酒を満たした。

「そちらの旦那、お近付きの印に一杯如何ですかい……」

由松は、如才《じょさい》なく片岡右近に近付いた。

「そうか。すまぬな……」

片岡右近は、嬉しげに猪口を差し出した。

由松は、片岡右近に酌をして自分の猪口に酒を満たした。

「ではな……」

和馬は、酒の満たされた猪口を掲げて飲んだ。片岡右近と由松は続いた。

「私は浪人の神崎和馬。こっちは由松。おぬしは……」

「片岡右近、旗本の家来ですよ」

右近は、嘘偽りなく名乗った。

「ほう。旗本の御家来が今時、こんな処で酒を飲んでいて良いのですか……」

和馬は尋ねた。

「まあね……」

右近は、苦笑いを浮べた。

「そいつは中々良い家風の旗本家ですな」

和馬は、笑いながら右近に酌をした。

「畏れいります……」

右近は、和馬の酌を受けた。

「ま、主が遊んでいる間、お供がする事は酒ぐらいしかありませんからね」

右近は、酒をすすった。

「主が遊んでいる……」

和馬は、戸惑って見せた。

「旦那、片岡さまのお殿さま、茶屋で戦の真っ最中なんですよ」

由松は笑った。

「ああ。そうか、成る程……」

和馬は、尤《もっと》もらしく頷いた。

「それにしても大変ですね」

由松は、眉をひそめて同情した。

「なあに、もう慣れたよ」

「ほう。じゃあ殿さま、しょっちゅう来ているんですか……」

「殿さまじゃあなく、部屋住みの若様ですがね……」

「へえ。部屋住みの若様ですか……」

和馬は苦笑した。

「ま、此処だけの話ですがね。入れ揚げているんですよ、鶴乃家の小染《こそめ》って女郎にね」

右近は、眉をひそめて猪口の酒を飲み干した。

「そうですか。良い御身分ですな。旗本の部屋住みの若様とは……」

和馬は、右近に探りを入れ続けた。

由松は、店主に酒と肴《さかな》を頼んだ。

「そうでもありませんよ。養子や婿の口がなければ、手に職を付けなきゃあなりませんし、小遣いも満足に貰えませんからね」

「だが、しょっちゅう茶屋に……」

「借り捲《まく》っているんですよ。あっちこっちに金を……」

「じゃあ、金貸しにも……」

由松は、右近に酌をした。

「ああ。高利貸から烏金《からすがね》、いろいろだよ」

右近は、呆れたように笑った。

「旦那……」

由松は、和馬を窺った。

「うん。そいつは凄いな……」

和馬は、そこ迄して女郎に入れ揚げる柴崎小五郎に感心した。

飲み屋は、客で賑わい始めた。

二

入谷鬼子母神の近くに古寺の賭場はあった。

古寺は、裏庭の古い家作を博奕打ちの貸元に貸していた。博奕打ちの貸元は、借りた古い家作を賭場にした。

旗本の部屋住みの松田竜之介は、下谷廣徳寺前から山下を抜けて入谷に進んだ。

幸吉と勇次は、松田竜之介を追った。

松田竜之介は、入谷御切手町《ごぎってちょう》を通って鬼子母神近くの古寺の裏門に入った。

古寺の裏門では、提灯を持った三下奴《さんしたやっこ》が賭場に来た客を迎えていた。

松田竜之介は、賭場の馴染客らしく三下奴に頷いて見せて裏門を潜った。

「どうします」

勇次は眉をひそめた。

「うん。ちょいと潜り込んで来る。勇次は何て寺か調べてくれ」

「承知……」

勇次は頷いた。

幸吉は、勇次を残して三下のいる古寺の裏門に向かった。

「おいでなさい。兄いは……」

三下は、幸吉に提灯を向けた。

「松田の旦那はもうお見えかい……」

幸吉は、構わず訊いた。

「へ、へい……」

三下は、思わず頷いた。

「遊ばせて貰うぜ」

幸吉は、裏門を潜って古い家作に急いだ。

三下は、戸惑いながらも黙って見送った。

賭場は熱気に満ちていた。

松田竜之介は、盆茣蓙《ぼんござ》を囲む客の中にいた。

幸吉は、次の間に用意されている酒をすすりながら松田竜之介を見守った。

松田竜之介は、真剣な面持ちで壺振りの壺を見詰め、駒を張っていた。

幸吉は見守った。

古い家作を賭場に貸しているのは、『常願寺《じょうがんじ》』と云う寺だった。

『常願寺』の住職の松雲《しょううん》は酒浸りの生臭坊主《なまぐさぼうず》であり、界隈の評判は決して良くなかった。

勇次は、聞き込みを続けた。


元鳥越町の居酒屋『大松《だいまつ》』は、鳥越川に架かる甚内橋《じんないばし》の袂にあった。

中谷市之丞が、居酒屋『大松』の暖簾を潜って四半刻（三十分）が過ぎた。

雲海坊は、居酒屋『大松』に入った。

「いらっしゃい」

店の若い衆が威勢良く迎えた。

居酒屋『大松』は酒の安さで名高く、人足、職人、浪人、お店者などの雑多な客で賑わっていた。

中谷は、店の隅に座って酒を飲んでいた。

雲海坊は、若い衆に酒を注文して中谷の見える処に座った。

中谷は、常連客らしく店の若い衆に声を掛け、美味そうに酒を飲んでいた。

雲海坊は見守った。

「おまちどおさま……」

若い衆が、雲海坊に徳利と猪口を持って来た。

「おう……」

雲海坊は、手酌で酒を飲み始めた。

中谷は、酒を飲み続けた。

谷中感応寺の鐘が、戌《いぬ》の刻五つ(午後八時)を告げた。

「さあて、戌の刻も過ぎた。そろそろ行くか」

片岡右近は、猪口を置いた。

「部屋住みの若様の戦も終わりですか……」

和馬は笑った。

「泊まるだけの金もないし、殿にも厳しく釘を刺されていますからね。では……」

右近は、和馬と由松に会釈をして帳場に向かった。

「本当に真っ直ぐ帰るんですかね」

由松は眉をひそめた。

「見届けるしかあるまい……」

和馬と由松は、右近が勘定を済ませて店を出て行くのを待った。

茶屋『鶴乃家』は、暖簾を夜風に揺らしていた。

片岡右近は、茶屋『鶴乃家』に入った。

和馬と由松は、物陰から茶屋『鶴乃家』を見張った。

四半刻が過ぎ、右近が柴崎小五郎と共に茶屋『鶴乃家』から出て来た。

柴崎小五郎は、右近を従えて不忍池に続く道に向かった。

和馬と由松は尾行た。

「一応、屋敷への帰り道ですね」

由松は囁いた。

「うん。来た道からすると、不忍池から下谷広小路に抜け、それから下谷七軒町の通りから屋敷に戻るか……」

和馬は睨んだ。

「ええ。きっと……」

由松は頷いた。

柴崎小五郎と右近は、不忍池に出て畔を進んだ。

不忍池の畔には、提灯の明かりが僅かに行き交っていた。

柴崎と右近は進んだ。

和馬と由松は追った。

「和馬の旦那。柴崎、まさか今夜は……」

由松は、柴崎小五郎が今夜は不忍池の畔で事を起こすかもしれないと思った。

「いや。あの足取りに迷いは感じられねえな」

「迷いはありませんか……」

「うん。そう思うけどな……」

和馬は、一抹の不安を窺わせながら柴崎小五郎の後ろ姿を見詰めた。

辻強盗を働くつもりなら、僅かな迷いや不安がある筈だ。だが、和馬は柴崎小五郎の足取りにそうした物を感じなかった。

柴崎小五郎は、片岡右近を従えて下谷広小路を横切り、御徒町《おかちまち》の武家屋敷街を進んだ。そして、下谷七軒町の通りを抜け、越後国三日市藩江戸上屋敷の隣りにある柴崎屋敷に何事もなく帰った。

和馬と由松は見届けた。

「何事もありませんでしたね」

「ああ……」

和馬は頷いた。

「さあて、どうします……」

「暫く見張りを続けるさ」

真夜中に一人で出掛けるかもしれない……。

和馬は、念には念を入れて真夜中まで見張る事にした。


入谷『常願寺』の賭場の熱気は、刻が過ぎるのにつれて盛り上がった。

松田竜之介は、眼を血走らせて博奕に熱中していた。

幸吉は、勝ち負けを繰り返しながら松田竜之介を窺っていた。

松田は、駒のすべてを失って博奕に負けた。

これで終わりだ……。

幸吉は、松田が手仕舞いをして帰ると読んだ。だが、読みは外れた。

松田は、胴元の許に行って金を借りて博奕を続けた。

博奕に夢中……。

幸吉は、松田竜之介の評判の正しさを思い知らされた。

金は幾らあっても足りない……。

幸吉は、再び博奕を始める松田に呆れずにはいられなかった。

賭場の熱気は、冷める事を知らなかった。


元鳥越町の居酒屋『大松』の賑わいは続いた。

中谷市之丞は、かなり酒に酔った。

雲海坊は見守った。

不意に男たちの怒声があがり、徳利や皿の割れる甲高い音が響いた。

「黙れ、下郎……」

「煩《うる》せえ、食詰め」

酒に酔った人足と浪人が、些細《ささい》な事で摑《つか》み合いの喧嘩になった。

周りの客たちは驚き、慌てて喧嘩をしている人足と浪人から離れた。だが、逃げ遅れた中谷市之丞は、人足と浪人の喧嘩に巻き込まれ、徳利を握って悲鳴をあげた。

人足と浪人は、他の客の迷惑を顧みずに取っ組み合いをした。

中谷市之丞は、頭を抱えて無様に転げ廻って逃げようとした。だが、酔いは中谷に逃げる事を許さなかった。

「た、助けて、助けてくれ……」

中谷市之丞は踏まれ、蹴飛ばされ、突き飛ばされて悲鳴をあげた。

「止めろ、止めろ……」

店の主と若い衆たちが止めに入り、激しい揉み合いになった。

雲海坊は、逃げ惑う中谷市之丞を喧嘩の中から引き摺り出した。

「しっかりしなさい……」

雲海坊は、中谷市之丞を起こした。

「か、忝ない……」

中谷市之丞は、傷だらけの顔で雲海坊に礼を云った。

浪人と人足の喧嘩は、店の主と若い衆たちによって鎮められた。

鳥越川の流れは、月明かりに輝いていた。

「大丈夫ですかい……」

雲海坊は、中谷市之丞に肩を貸して鳥越川の堀端を旗本の堀田屋敷に向かっていた。

「あ、ああ。本当に御坊のお陰で助かった」

中谷は、雲海坊に礼を云い続けた。

「いいえ。気持ち良く酒を飲んでいる時にいきなりの喧嘩、驚きましたね」

「うむ。私も酔ってさえいなければ、二人の喧嘩を止められたのだが……」

中谷は、千鳥足で悔しさを装った。

「そうでしょうな……」

雲海坊は、踏まれ、蹴飛ばされ、突き飛ばされて無様に逃げ廻る中谷を思い出して苦笑した。

堀田屋敷は寝静まっていた。

「御坊、世話になったな。此の屋敷だ」

「ほう。何方《どなた》さまの御屋敷ですか」

「旗本三千石の堀田一学さまの御屋敷だ」

「じゃあ、中谷さまは……」

「うん。旗本堀田家の家来だ。ま、それより毎晩、大松に通っている酒好きだ」

中谷は、己を蔑《さげす》むような笑みを浮べた。

如何《いか》に酒の安い居酒屋『大松』でも、毎晩通うとなるとそれなりに金が掛かる筈だ。

中谷が、毎晩居酒屋に通える程の扶持米を貰っているかどうかは分からない。

酒代欲しさの辻強盗……。

「では、御坊、いろいろお世話になりました。大松で又……」

中谷は、堀田屋敷の裏門に廻って行った。

雲海坊は、千鳥足で行く中谷を見送った。

浪人と人足の喧嘩に巻き込まれ、無様に逃げ廻る中谷を思い出した。

人を斬る腕はないのかもしれない……。

雲海坊は、戸惑いを覚えずにはいられなかった。

朝陽に輝く大川の流れには、様々な荷船が行き交っていた。

柳橋の船宿『笹舟』の台所は、親方の伝八《でんぱち》を始めとした船頭や幸吉たちの朝飯で賑わっていた。

幸吉、雲海坊、由松、勇次は、朝飯を食べ終えて親分の弥平次の許に集まり、旗本の倅の柴崎小五郎と松田竜之介、旗本家の家来の中谷市之丞の様子を報せた。

「柴崎小五郎はいろは茶屋で馴染の女郎と遊んで真っ直ぐ屋敷に帰り、そのままか……」

「はい。和馬の旦那と真夜中迄見張りましたが、動く事はありませんでした」

由松は伝えた。

「そうか。で、松田竜之介は明け方迄入谷の賭場で博奕か……」

「はい。元手を擦り、胴元に金を借りて性懲《しょうこ》りもなく……」

幸吉と勇次は眉をひそめた。

「で、中谷市之丞は酒に酔って喧嘩に巻き込まれ、這々《ほうほう》の体《てい》で屋敷に帰ったか……」

「何ともだらしのない話ですよ」

雲海坊は苦笑した。

「うむ……」

「親分、どうしましょう」

幸吉は、弥平次に指示を仰いだ。

「ま、もう少し探りを入れてみるんだな」

弥平次は命じた。

「承知しました」

幸吉、雲海坊、由松、勇次は頷いた。


朝の南町奉行所には、公事《くじ》訴訟に拘わる者たちが早くからやって来ていた。

弥平次は、秋山久蔵を訪れた。

久蔵は、弥平次を用部屋に招いて探索情況を聞いた。

「柴崎小五郎と松田竜之介、それに中谷市之丞、そんな奴らか……」

「はい……」

「そうか……」

久蔵は眉をひそめた。

「何か……」

弥平次は、久蔵が何かに引っ掛かったのに気付いた。

「うむ。柴崎と松田に中谷。人を斬る程の腕と気迫があるようには、とても見受けられねえな」

久蔵は睨んだ。

「じゃあ、秋山さまは辻強盗は三人の他にいるかもしれないと……」

弥平次は戸惑った。

「そいつもあるって事だ。ま、猫を被っている者もいるから、見込み違いってのもあるかもしれねえがな」

久蔵は苦笑した。

「猫被りですか……」

弥平次は眉をひそめた。

「ああ。もし、そうだったらかなりの強《したた》か者だな」

久蔵は頷いた。


和馬と由松は、前日に引き続いて柴崎小五郎を見張った。そして、幸吉と勇次は松田竜之介を、雲海坊は中谷市之丞をそれぞれ見張り続けた。

和馬と由松は、柴崎屋敷の斜向かいにある筑後国柳河藩江戸中屋敷の中間部屋から見張り続けた。

柴崎小五郎に動きはなかった。

「鶴乃家の小染の処に行くのは、如何に何でも早過ぎるか……」

和馬は苦笑した。

「ひょっとしたら、行きたくても金がないのかもしれませんぜ」

「それより、流石《さすが》に毎日の茶屋通いは控えているのかもしれないな」

和馬と由松は、柴崎小五郎の動きを読みながら見張り続けた。

昼が近付いた頃、小五郎付きの家来の片岡右近が屋敷から現れた。

「片岡右近ですぜ」

由松は、窓の外を見詰めながら告げた。

和馬は窓辺に寄った。

片岡右近は、大きく伸びをして見張り場所の柳河藩江戸中屋敷とは反対の三味線堀に向かった。

「よし。ちょいと追ってみる。後を頼んだぜ」

「承知しました」

由松は頷いた。

和馬は、黒紋付羽織を脱いで塗笠《ぬりがさ》を目深《まぶか》に被り、中間部屋を出て行った。

昼が過ぎた。

旗本の松田屋敷から部屋住みの松田竜之介が出て来た。そして、伊勢国津藩江戸中屋敷の表門前に出て御徒町の武家屋敷街に向かった。

幸吉と勇次は追った。

竜之介は、大きな欠伸《あくび》をしながら首を廻して武家屋敷街を進んだ。

「だらしのない欠伸をしやがって……」

「まだまだ眠り足らないんだろうぜ」

幸吉は苦笑した。

竜之介は、夜明けに入谷の賭場から戻って遅い朝を迎えたのだ。

「そんな松田が漸《よう》く起きて何処に行くんですかね」

勇次は、伸びをしながら行く竜之介の後ろ姿を見詰めて首を捻った。

竜之介は、下谷練塀小路《ねりべいこうじ》や御成街道《おなりかいどう》を横切って明神下の通りに出た。そして、湯島天神前から本郷の通りに進んだ。

幸吉と勇次は、厳しい面持ちで竜之介を追った。

肥前国平戸藩江戸上屋敷の裏、鳥越川沿いにある旗本堀田屋敷の表では老中間が掃き掃除をしていた。

長閑《のどか》な光景だった。

「南無阿弥陀仏……」

雲海坊は、錫杖の鐶を鳴らし経を小声で読みながら掃除をする老中間に近寄った。

老中間は掃除を止め、雲海坊に手を合わせて頭を下げた。

雲海坊は、老中間に素早く小粒を渡した。

老中間は、驚いて眼を丸くした。

「拙僧は中谷市之丞さまの知り合いでしてな」

雲海坊は囁き、親しげに笑い掛けた。

「中谷さまの……」

「左様。中谷さまとは昨夜も盃を交わしましてな。で、中谷さま、今は何をしておいでですかな」

雲海坊は、老中間が掌の上に載せたままの小粒をそっと握らせた。

堀田家の物頭である中谷市之丞は、足軽中間たちの監督が役目だった。

「は、はい。今朝方お顔をお出しになられて、今はお昼寝をしておられますが……」

老中間は、小粒を握り締めた。

「左様ですか、昼寝ですか……」

中谷市之丞は、昼寝をして昨夜の酒を抜き、今夜も飲みに行くつもりなのかもしれない。

「そうですか。いや、御造作をお掛け致しました。南無妙法蓮華経……」

雲海坊は、老中間に対して片手拝みをして堀田屋敷の前を離れた。

老中間は、雲海坊が来た時と帰る時に読む経の宗派の違いに気が付かず、深々と頭を下げて雲海坊を見送った。


本郷の通りに出た松田竜之介は、四丁目の横道に入って北野天神真光寺《しんこうじ》裏の旗本屋敷の潜り戸を潜った。

幸吉と勇次は見届けた。

「幸吉の兄貴……」

「ああ。何様の屋敷か聞き込んで来てくれ」

幸吉は命じた。

「承知……」

勇次は駆け去った。

松田竜之介は、此の旗本屋敷に何の用があって来たのか……。

幸吉は、竜之介の入った旗本屋敷の閉じられた表門を見詰めた。

三

下谷広小路は賑わっていた。

片岡右近は、上野北大門町《きただいもんちょう》の裏通りにある小料理屋の前に立ち止まり、辺りを素早く窺った。そして、人目のないのを見定めて小料理屋に入った。

和馬は見届けた。

開店前の小料理屋の軒行燈《のきあんどん》には、『初音《はつね》』の屋号が書かれていた。

右近は、開店前の小料理屋『初音』に入って行った。それは、右近と小料理屋『初音』に何らかの拘わりがある事を示していた。

その拘わりとは何だ……。

和馬は、その拘わりを知る為に聞き込みを始めた。

北野天神真光寺裏の屋敷の主は、二千石取りの旗本香川監物《かがわけんもつ》だった。

「二千石取りの香川監物……」

「はい。何でも普請奉行ってお役目に就いているそうですぜ」

勇次は、聞き込んで来た事を幸吉に報せた。

「香川監物、松田竜之介とどんな拘わりがあるのかな……」

幸吉は首を捻った。

「そいつなんですがね、香川監物の奥方さま、松田家から嫁に来たそうですよ」

「じゃあ、竜之介とは兄弟か……」

「ええ。大年増だそうですから、きっと竜之介の姉上さまですぜ」

勇次は睨んだ。

「そうか……」

竜之介は、姉の嫁ぎ先である旗本香川家を訪れたのだ。

訪れた用件は何なのか……。

幸吉は、想いを巡らせた。

僅かな時が過ぎた。

松田竜之介が、中間に見送られて香川屋敷から出て来た。

幸吉と勇次は見守った。

竜之介は、中間に笑い掛けて帰って行った。

「幸吉の兄貴……」

「追ってくれ。俺は竜之介が何しに来たのか中間に探りを入れてみる」

幸吉は、手筈を決めた。

「承知……」

勇次は、竜之介を追った。

幸吉は、竜之介を見送って屋敷内に戻ろうとする中間に駆け寄った。

中間は、怪訝な面持ちで振り返った。

「ちょいとお尋ねしますが、今、お帰りになったのは、松田竜之介さまにございますね」

幸吉は、そう云いながら中間に小粒を握らせた。

「えっ。ええ……」

中間は、握らされた小粒に戸惑いながら頷いた。

「つかぬ事を伺いますが、竜之介さまは姉上である奥方さまにお逢いしに来たのですね」

「はい……」

「どのような御用で……」

「奥方さまにお小遣いの無心に来たんですよ」

中間は、小粒を握り締めた。

「小遣いの無心……」

「ええ。奥方さまは一番下の弟の竜之介さまをそれは可愛がっておりましてね。お見えになれば必ず一両二両のお小遣いをお渡しになるそうですよ」

中間は、辺りを窺いながら早口に告げた。

「そうでしたか……」

竜之介は、嫁に行った姉を訪れて小遣いを貰っていた。

金蔓《かねづる》は姉……。

幸吉は知った。

松田竜之介は、北野天神門前から本郷の通りを横切って湯島天神に向かった。

勇次は、北野天神門前町の木戸番に声を掛けて竜之介を追った。

竜之介の足取りは、来た時とは違って軽く弾んでいた。

何か良い事があった……。

勇次は睨み、竜之介を追った。


上野北大門町の小料理屋『初音』は、大年増のおとみと云う女将が営んでいた。

和馬は、上野北大門町の自身番の店番《たなばん》に聞き込んだ。

小料理屋『初音』は、大した馴染客もいなく繁盛しているとは思えなかった。

近所の者たちは、繁盛していない小料理屋『初音』が潰れもしないのに微かな戸惑いを感じていた。

「女将に旦那でもいるんじゃあないのか……」

和馬は眉をひそめた。

「神崎の旦那。女将のおとみさん、幾ら色っぽくても四十半ばの大年増。そいつはないと思いますよ」

店番は苦笑した。

「じゃあ、旦那処か客も取れぬか……」

「はい。尤も、蓼《たで》食う虫も好き好きって云いますから、大年増に眼のない男もいるでしょうけどね」

「うむ。店も余り繁盛しておらず、旦那や男もいないのに潰れない小料理屋か……」

和馬は、微かな困惑を覚えた。

「はい……」

「処で、初音に片岡と申す若い侍が出入りしているのだが、知っているか……」

「いいえ。存じませんが……」

店番は首を捻った。

「そうか……」

店番は、片岡右近が小料理屋『初音』に出入りしているのを知らなかった。

和馬は、片岡右近が辺りに人目のないのを見定めて小料理屋『初音』に入ったのを思い出した。

右近自身が、小料理屋『初音』に出入りしているのを知られぬようにしている。

和馬は睨んだ。

何故だ……。

和馬は、右近に対して微かな疑念を感じた。

幸吉は、北野天神門前町から本郷の通りに出て辺りを窺った。

松田竜之介と勇次は、本郷の通りを行ったのか、湯島天神の方に戻ったのか……。

幸吉は、北野天神門前町の木戸番屋に走った。

柳橋の弥平次は、一人で尾行をする時には自身番の者や木戸番に顔を見せ、後から来る者に行き先が分かるようにしろと命じていた。

「邪魔するぜ」

幸吉は、木戸番屋を訪れた。

「あっ、幸吉の兄い。勇次さんなら湯島天神の切通《きりどお》しだよ」

木戸番は、幸吉の顔を見るなり告げた。

「忝ねえ……」

幸吉は、木戸番に礼を云って湯島天神に続く切通しに急いだ。

半刻が過ぎた。

片岡右近が、小料理屋『初音』から漸く出て来た。

和馬は、物陰から見守った。

右近は、疲れ果てたような吐息を洩らして下谷広小路に向かった。

三味線堀の柴崎屋敷に帰るのか……。

和馬は追った。


湯島天神境内は参拝客で賑わっていた。

松田竜之介は、境内の茶店で茶をすすりながら行き交う参拝客を眺めていた。

勇次は、石燈籠《いしどうろう》の陰から竜之介を見守っていた。

「勇次……」

幸吉が背後に現れた。

「幸吉の兄貴……」

「姉ちゃんに小遣い貰って一安心か……」

幸吉は、茶店で茶を飲んでいる竜之介を一瞥して苦笑した。

「竜之介、香川さまの奥方に小遣いを貰いに行って来たんですか……」

勇次は眉をひそめた。

「ああ。竜之介の博奕の元手を出しているのは、どうやら姉上らしいぜ」

幸吉は、嘲りを浮べた。

「じゃあ、松田竜之介は辻強盗をする必要はありませんか……」

勇次は困惑した。

「未《ま》だそうと決め付けられないが、かもしれないな……」

幸吉と勇次は、茶店の娘に茶のお代わりを頼んでいる竜之介を見守った。

湯島天神境内は賑わった。

柴崎小五郎は、屋敷から出掛ける事はなかった。

谷中のいろは茶屋に行くのは、日が暮れてからか……。

由松は、辛抱強く見張り続けた。

中谷市之丞に動きはなかった。

雲海坊は、堀田屋敷を見張った。

中谷市之丞は、おそらく酒毒に侵されている。侵されている限り、酒から逃れる事は出来ない。

酔いが切れれば動く……。

雲海坊は睨んだ。


片岡右近は、下谷広小路の賑わいを進んだ。

「片岡さん、片岡さんじゃありませんか……」

右近は、己の名を呼ぶ声に振り返った。

塗笠を取った和馬が、行き交う人の中から近付いて来た。

「やあ、片岡さん……」

和馬は、親しげに笑い掛けた。

「あっ、神崎さんですか……」

右近は、戸惑ったように微笑んだ。

「こんな人混みで出逢うのも何かの縁。どうです、蕎麦《そば》でも一杯……」

「えっ。ええ……」

右近は躊躇《ためら》った。

「ま、良いじゃありませんか、ほんの四半刻ぐらいですよ」

和馬は、妙に懐っこく右近を誘った。

「う、うん……」

右近は、困惑した面持ちで頷いた。

「よし。こっちだ……」

和馬は、右近を上野元黒門町《もとくろもんちょう》に誘った。

上野元黒門町の蕎麦屋『松月庵《しょうげつあん》』には、日暮れ前のせいか客はいなかった。

和馬と右近は、せいろ蕎麦を食べながら酒を飲んだ。

「部屋住みの若様、今夜も谷中のいろは茶屋に行くんですか……」

「いえ。今夜は流石に行きませんよ」

右近は苦笑した。

「金がありませんか……」

「今迄貸してくれていた金貸しも、もう良い顔はしませんからね」

「金貸しにも嫌われましたか……」

「ええ。それで伝手《つて》を頼りに貸してくれそうな処を廻っているんですがね」

右近は、肩を落として酒をすすった。

上野北大門町の小料理屋『初音』には、金を借りに行ったのかもしれない。

和馬は読んだ。

だが、もし金を借りに行ったとしたなら小料理屋『初音』の女将のおとみは、秘かに金貸しをしている事になる。

右近が小料理屋『初音』を訪れたのを知られぬようにしているのは、その所為《せい》なのかもしれない。

和馬は読み続けた。

繁盛していない小料理屋『初音』が潰れずにいるのは、女将のおとみが裏で金貸しをしているからなのかもしれない。

和馬は、様々に読んでみた。

「神崎さん……」

右近は、微かな戸惑いを過ぎらせた。

「いや、片岡さんもいろいろ大変ですな」

和馬は、慌てて言い繕《つくろ》った。

「ま、僅かでも扶持米を貰っている限りは仕方がありませんよ」

右近は、気分を変えるように笑った。

「そうですね。いざとなりゃあ、扶持米を返上して気楽な浪人になるんですな」

「神崎さんのようにですか……」

「ええ。どうにかなるもんですよ」

和馬は、屈託なく笑った。

「そのようですな……」

右近は、和馬と声を揃えて笑った。

東叡山寛永寺の鐘が申《さる》の刻七つ（午後四時）を告げた。

「申の刻七つですな」

右近は猪口を伏せた。

「ええ。忙しい処、付き合わせて申し訳なかった」

和馬は詫びた。

「いや。ちょいと気が滅入っていた処でしてね。お陰ですっきりしました。じゃあ私はこれで……」

「うん……」

右近は、和馬に会釈をして蕎麦屋を出て行った。

和馬は見送った。

片岡右近は、僅かな扶持米の為に主家の部屋住みに尽くしている。

和馬は、右近に微かな哀れみを覚えた。

西に大きく傾いた陽は赤く染まり始めた。


夕暮れ時。

松田竜之介は、入谷鬼子母神近くの『常願寺』の賭場に入った。

幸吉と勇次は見届けた。

「姉ちゃんに貰った小遣いで博奕ですか……」

勇次は呆れた。

「良い御身分だな」

幸吉は、微かな苛立ちを滲ませた。

松田竜之介は、今夜も徹夜で博奕に興じるのだ。

「幸吉の兄貴。松田竜之介がもし辻強盗なら今夜もやりそうもありませんね」

勇次は読んだ。

「ああ……」

幸吉は頷いた。

旗本の部屋住みの松田竜之介は、神田川に架かる新シ橋の袂に現れた辻強盗ではないのかもしれない。

幸吉は睨んだ。

『常願寺』の賭場は賑わった。

元鳥越町の居酒屋『大松』は、客の笑い声と酒の匂いで溢れていた。

中谷市之丞は、日が暮れてから堀田屋敷を出て居酒屋『大松』を訪れた。

雲海坊は見届けた。

おそらく、中谷は今夜も酒を飲み続けるのだ。

もし、中谷が辻強盗であったとしても、今夜はないかもしれない……。

雲海坊は読んだ。そして、頃合いを見計らって居酒屋『大松』の暖簾を潜った。

店内は賑わっており、中谷は昨夜と同じ場所で美味そうに酒を飲んでいた。

雲海坊は、店の若い衆に酒を注文して中谷に近付いた。

「おう。御坊ではありませんか……」

中谷は、雲海坊に気が付いて満面に笑みを浮べた。

「やあ。又、お逢いしましたな」

雲海坊は微笑んだ。

「ええ。ま、どうぞ、今夜は一緒にやりましょう」

中谷は、旧知の飲み仲間に逢ったかのように親しげに誘った。

「じゃあ、邪魔をします」

雲海坊は、中谷と向かい合った。

「ささ、先ずは一献《いっこん》……」

中谷は、雲海坊に猪口を差し出した。

「左様ですか、ならば遠慮なく……」

雲海坊は、手を合わせて猪口を受け取った。

中谷は、雲海坊に渡した猪口に酒を注いだ。

「戴きます」

雲海坊は、猪口の酒を飲み干した。

「いやあ、お見事、お見事……」

中谷は喜んだ。

「おまちどおさま……」

若い衆が、雲海坊に酒と肴を持って来た。

「ささ……」

雲海坊は、中谷に徳利を差し出した。

「忝ない……」

中谷は、雲海坊の酌を受けて嬉しげに飲んだ。その様子には、辻強盗の凶悪さの欠片《かけら》も窺えなかった。

やはり、中谷市之丞は辻強盗ではないのかもしれない……。

雲海坊は、そうした想いに駆られた。


柴崎屋敷は夜の静寂《しじま》に覆われていた。

和馬と由松は、斜向かいの柳河藩江戸中屋敷の中間部屋から見張りを続けた。

柴崎小五郎に出掛ける気配はなく、片岡右近も屋敷に戻ってから顔を出す事はなかった。

寺の鐘が鳴り始めた。

戌の刻五つだ。

「どうやら今夜は出掛けませんね」

由松は見極めた。

「ああ……」

　和馬は頷いた。

「旦那、此処はあっしが引き受けます。一息入れて来て下さい」

　由松は勧めた。

「そうか。だったら笹舟に行って幸吉や雲海坊の方がどうなっているか、聞いてくるか」

　和馬は、欠伸混じりの背伸びをした。

　三味線堀から柳橋は遠くはない。

「あっ、そうですね。そうして下さい」

「よし。じゃあ頼んだぞ」

「はい……」

　由松は頷いた。

　和馬は、柴崎小五郎の見張りを由松に任せて柳橋の船宿『笹舟』に向かった。

　神田川の流れには、夜廻りの木戸番の打ち鳴らす拍子木の音が甲高く響いていた。

駕籠舁《かごかき》の掛け声が、神田川に架かる新シ橋に近付いて来た。

町駕籠の小田原提灯は、小さく揺れながら柳原通りをやって来た。そして、新シ橋の南詰の袂に差し掛かった。

覆面をした侍が柳の木の陰から現れ、町駕籠の前に立ちはだかった。

「で、出た……」

駕籠舁は驚き、町駕籠を放り出して逃げた。

覆面の侍は、素早く町駕籠に駆け寄った。

刹那、町駕籠から白髪頭の老武士が転がり出て来て覆面の侍に斬り付けた。

覆面の侍は、咄嗟《とっさ》に跳んで躱した。

「おのれ、辻強盗……」

老武士は、覆面の侍に猛然と斬り掛かった。

覆面の侍は、鋭く踏み込んで抜き打ちの一刀を放った。

老武士は、脇腹を斬られて仰け反った。

覆面の侍は、二の太刀を袈裟懸けに斬り下げた。

老武士は、胸元から血を飛ばして倒れ、絶命した。

覆面の侍は、絶命した老武士から財布を奪って立ち去った。

町駕籠の小田原提灯は、夜風に揺れながら仄《ほの》かな明かりを放ち続けた。

四

旗本の部屋住みの松田竜之介は、入谷の賭場に入り浸っている。

柳橋の船宿『笹舟』には、幸吉が入谷から戻って来ていた。

「それで柴崎小五郎、今夜は屋敷を一歩も出ませんか……」

幸吉は眉をひそめた。

「うん。残るは雲海坊の見張っている中谷市之丞だが、親分に何か報せはないのか……」

和馬は、弥平次に尋ねた。

「先程、元鳥越町の木戸番が、雲海坊からの報せを持って来ましてね。中谷市之丞は、今夜も元鳥越町の大松って居酒屋で酒を飲んでいるそうですよ」

弥平次は告げた。

「今夜も……」

和馬は眉をひそめた。

「ええ、昨夜も遅く迄、同じ居酒屋で飲んでいたそうですよ」

弥平次は頷いた。

「となると辻強盗、今夜は現れないかな……」

和馬は読んだ。

「お父っつぁん……」

お糸《いと》が、襖の外から弥平次を呼んだ。

「おう。どうした……」

弥平次は、幸吉に目配せをした。

幸吉が襖を開けた。

「新シ橋の袂に辻強盗が出たそうです」

お糸が、緊張した面持ちで告げた。

「なにい……」

和馬は、素っ頓狂な声をあげた。

「斬られたのは、旗本の隠居か……」

久蔵は眉をひそめた。

「はい。浜町《はまちょう》に住む後藤義兵衛《ごとうよしべえ》と云う四百石取りの旗本の隠居です」

和馬は、辻強盗に斬られた武士の身許を告げた。

「その隠居の後藤義兵衛さん、腕に覚えがあったのか……」

「ええ。斬り合い、正面から袈裟懸けに……」

「そうか。で、懐の財布を奪われたのだな」

「はい。駕籠舁の話では、池之端《いけのはた》の料理屋で乗せて明神下の通りから昌平橋を渡り、柳原通りを来た処を覆面をした侍に襲われたそうです」

「覆面をした侍か……」

「若い侍だったようだと……」

「駕籠舁がそう云ったか……」

「はい」

「で、場所は新シ橋の南詰なんだな」

「はい。前の一件と同じです」

和馬は頷いた。

「で、辻強盗が新シ橋に現れた時、浮かんでいた三人はどうしていたのだ」

久蔵は、厳しい面持ちで尋ねた。

「そいつが三人とも見張りが付いていました」

和馬は、悔しげに告げた。

「見張りが付いていた……」

久蔵は眉をひそめた。

「はい。柴崎小五郎の屋敷には由松、賭場の松田竜之介には勇次が張り付き、残る中谷市之丞は雲海坊と居酒屋で酒を飲んでいました」

「そうか……」

「つまり、此度《こたび》の件で三人が辻強盗でないのがはっきりしました」

和馬は、吐息を洩らした。

幸吉、雲海坊、由松、勇次の苦労は報われなかったのだ。

「そうかな……」

「秋山さま……」

和馬は戸惑った。

「和馬、松田竜之介と中谷市之丞は除いても良いだろうが、柴崎小五郎は屋敷を見張っていただけで、本人に張り付いていた訳ではないのだろう」

「はい。ですが、小五郎が屋敷を出た気配はありません」

「本当にそうかな……」

「ならば秋山さまは、小五郎が私と由松の気付かぬ内に出掛けたとお思いですか……」

「かもしれねえし、違うかもしれねえ……」

久蔵は、薄い笑みを浮べた。

「秋山さま……」

和馬は困惑した。

「和馬、柴崎小五郎の身辺、もう一度、詳しく調べてみるんだな」

久蔵は命じた。

「柴崎小五郎ですか……」

弥平次は聞き返した。

「うん。秋山さまがもう一度、詳しく調べてみろとな」

和馬は、微かな不満を過ぎらせた。

「そうですか……」

弥平次の眼が微かに光った。

「で、和馬の旦那、その柴崎小五郎、谷中のいろは茶屋の小染って女郎に入れ揚げているんですね」

幸吉は尋ねた。

「ああ、鶴乃家って茶屋の女郎だ……」

「旗本の部屋住みにしては、金廻りが良いんですね」

勇次は感心した。

「なあに、親から貰う小遣いじゃあ足りなくて、あっちこっちの金貸しから金を借り捲っているそうだぜ」

和馬は苦笑した。

「へえ、そいつは大変ですね」

雲海坊は、二日酔いの生欠伸を嚙み殺した。

「いや。大変なのは金策に駆け廻っているお付きの家来だ」

「お付きの家来ですか……」

弥平次は眉をひそめた。

「うん。片岡右近と云ってな。小五郎が小染と遊んでいる間、待っていたり、借金に歩いたり、すまじきものは宮仕えだ」

和馬は、片岡右近に同情した。

「旦那、その片岡右近ってお侍、ちょいと調べてみますか……」

弥平次は、僅かに厳しさを過ぎらせた。

「ちょっと待ってくれ親分、片岡右近は真面目な忠義者だぞ」

和馬は戸惑った。

「猫を被っている事もありますからね。旦那、念の為ですよ」

弥平次は笑った。

柴崎屋敷の表門は北側にあり、裏門は三味線堀のある西側にあった。

和馬と由松の見張り場所の柳河藩江戸中屋敷の中間部屋からは、北側の表門は見通せるが西側にある裏門は死角になった。

柴崎小五郎と片岡右近は、死角である西側の裏門から出掛けたのかもしれない。

和馬と由松は、柴崎屋敷の中間に小粒を握らせて小五郎と右近の動きを探った。

しかし、二人は裏門から出入りをしていなかった。

「ま、裏門から出入りしなくても、塀を乗り越えるなんて造作もありませんからね」

中間は、渡された小粒を握り締めた。

「へえ。塀を乗り越える者なんかいるのかい……」

由松は眉をひそめた。

「ええ。門限に遅れたり、夜中に酒を飲みに行く家来が時々……」

「和馬の旦那……」

由松は、厳しい面持ちで和馬を窺った。

「う、うん……」

夜中に塀を乗り越えて屋敷に出入りする家来には、片岡右近もいるのかもしれない。

和馬は、右近に抱いていた想いが僅かに薄れるのを感じた。

上野北大門町の裏通りにある小料理屋『初音』は、女将のおとみが未だ寝ているのか店先の掃除はされていなかった。

幸吉と雲海坊は、和馬から聞いた小料理屋『初音』を訪れた。

「此処だな、片岡右近が来ていたって小料理屋は……」

幸吉は、軒行燈に書かれた屋号を読んだ。

「ああ。おとみって大年増の女将がやっているそうだが……」

雲海坊は、小料理屋『初音』の格子戸を開けようとした。だが、格子戸には内側から心張棒が掛けられていた。

「未だ寝ているようだな」

「余り繁盛していないって話だが、昨夜は遅く迄やっていたのかな」

幸吉は首を捻った。

「それとも、金貸しで儲けていて、やる気がないのか……」

雲海坊は笑った。

「ま、木戸番に聞いてみるか……」

「ああ……」

幸吉と雲海坊は、上野北大門町の木戸番屋に向かった。

初老の木戸番は、店先で子供たちに焼芋を売って奥に入って来た。

奥にある居間の框には、幸吉と雲海坊が腰掛けて出涸《でがら》し茶をすすっていた。

「じゃあ、やっぱり女将のおとみには旦那も男もいないのかい……」

「あっしの知る限りじゃあ、いませんぜ」

初老の木戸番は、幸吉と雲海坊に温《ぬる》い出涸し茶を注ぎ足した。

「旦那も男もいなく、店も余り繁盛していないとなると、やっぱり裏で金貸しをしているんだろうな」

雲海坊は読んだ。

「金貸し……」

初老の木戸番は、戸惑いを浮べた。

「ああ。女将のおとみ、金貸しをしているって聞いたんだがね」

幸吉は告げた。

「へえ。おとみさんが金貸しをしているなんて初耳ですよ」

「初耳……」

「ええ。おとみさんが高利貸に金を借りているのは知っていますが、貸しているなんて聞いた事がありませんよ」

初老の木戸番は眉をひそめた。

「金を借りてる……」

幸吉は戸惑った。

「間違いありませんかい……」

雲海坊は念を押した。

「池之端の高利貸の八右衛門《はちえもん》さんの処の取立屋が、晦日《みそか》になれば来ていますからね」

「池之端の高利貸の八右衛門かい……」

「ええ……」

初老の木戸番は頷いた。

「雲海坊……」

上野北大門町から池之端は近い。

「ああ。行ってみよう」

雲海坊と幸吉は、上野北大門町の木戸番屋を出て池之端に向かった。

和馬と由松は、片岡右近の素性を調べた。

片岡右近は、親の代からの柴崎家の家来であり、柴崎屋敷の侍長屋で一人で暮らしていた。

父親は五年前に病で亡くなり、母親は右近が子供の頃に離縁されていた。

「死んだ右近の父親、どうして母親を離縁したのかだな……」

和馬は眉をひそめた。

「噂ですがね。右近の母親、渡り中間と駆け落ちしたとか……」

由松は声を潜めた。

「駆け落ち……」

和馬は戸惑った。

「ええ。以来、右近は父親に育てられたそうですよ」

「そうか。で、駆け落ちした母親ってのはどうしたのかな」

「さあ、どうしたんですかね……」

由松は首を捻った。

片岡右近は、天涯孤独の身であり、柴崎屋敷の片隅にしか居場所はないのだ。

和馬は、右近が小五郎に尽くすしかないのを知った。

高利貸の八右衛門は、訪れた幸吉と雲海坊に迷惑そうな眼を向けた。

「それで、用ってのは御用絡みかい……」

八右衛門は、肥った身体を揺らした。

「ええ……」

幸吉は、八右衛門を見据えて頷いた。

「ま、柳橋の親分さんの身内のお前さんたちだ。隠し立てはしないよ」

八右衛門は、弥平次を知っており、下手な小細工や邪魔立ては己の首を絞めるだけだと知っていた。

「北大門町の初音って小料理屋の女将のおとみさんに金、貸していますかい」

幸吉は訊いた。

「ああ。貸しているよ」

八右衛門は頷いた。

「やっぱり……」

「おとみがどうかしたのかい……」

八右衛門は眉をひそめた。

「それで、おとみさん、借りた金、返しているんですかい」

雲海坊は、八右衛門の質問を無視して尋ねた。

「ああ。毎月一両ずつ、利息を付けてね」

八右衛門は、むっとした面持ちで雲海坊を一瞥した。

「間違いありませんね」

雲海坊は、笑みを浮べて念を押した。

「ああ……」

八右衛門は、重なった顎《あご》で頷いた。

高利貸に金を借り、毎月一両ずつ利息を付けて返しているおとみに金貸しなど出来る筈はない。だが、店の繁盛していないおとみが、月毎に返す一両と利息をどう都合しているのか分からない。そして、片岡右近は、小料理屋『初音』に金を借りに来た訳ではなかったのだ。

「幸吉っつぁん。こうなると片岡右近、何しに初音に来たのかな」

雲海坊は眉をひそめた。

「分からないのは、そこだな……」

幸吉は、厳しさを浮べた。


大川を吹き抜ける風は冷たく、漸く咲いた梅の花を揺らしていた。

柳橋の船宿『笹舟』の店土間の大囲炉裏には、大きな湯沸かし鍋が掛けられて湯気を昇らせていた。

「邪魔をするぜ」

着流し姿の秋山久蔵が、塗笠を取りながら入って来た。

「あっ、旦那さま……」

帳場にいたお糸が、久蔵を笑顔で迎えた。

「やあ、お糸、変わりはねえかい」

「はい。お陰さまで。ささ、どうぞお上がり下さいませ」

座敷には、紅梅が一枝飾られていた。

女将のおまきは、久蔵に熱い茶を差し出して座敷を出て行った。

久蔵は茶を飲んだ。

「で、柳橋の。柴崎小五郎付きの家来、いろいろありそうなのかい……」

「はい。和馬の旦那の調べでは……」

弥平次は、和馬と由松の調べた片岡右近の事を久蔵に告げた。

「片岡右近か……」

「はい。誰からも金を借りられなくなり、辻強盗を働いたのかも……」

弥平次は読んだ。

「柳橋の。今時、女に現を抜かす馬鹿な主の為に人を斬り、金を奪う奴がいるかな……」

　久蔵は苦笑した。

「和馬の旦那の話では、片岡右近、かなりの忠義者だとか……」

「それより柳橋の。その右近の駆け落ちした母親ってのは、今どうしているのかな……」

「さあ、そこ迄は……」

「分からないか……」

「はい……」

　弥平次は頷いた。

「親分……」

　襖の外で幸吉の声がした。

「おう。入ってくれ」

「御免なすって……」

　幸吉が、襖を開けて入って来て久蔵に挨拶をした。

「御苦労だな」

　久蔵は、幸吉を労《ねぎら》った。

「いえ……」

「で、何か分かったかい……」

弥平次が尋ねた。

「はい。片岡右近が行っていた上野北大門町の小料理屋初音の女将ですがね。金貸し処か池之端の高利貸の八右衛門に借金をして、毎月一両と利息を返していましたよ」

幸吉は告げた。

「女将のおとみが金貸しじゃあないなら、右近は何しに初音に行っていたんだ」

弥平次は眉をひそめた。

「分からないのはそこでしてね。雲海坊が引き続き探っております」

「幸吉、柳橋の。右近の駆け落ちした母親の名前、ひょっとしたらおとみって云うのかもしれねえぜ」

久蔵は、小さな笑みを浮べた。

新シ橋の袂に辻強盗は現れず、数日が過ぎた。

柴崎小五郎は、片岡右近を供にして谷中の茶屋『鶴乃家』の小染の許に赴いた。

夕暮れ時、右近は小五郎が茶屋『鶴乃家』の小染の許にあがったのを見届けた。
小五郎が『鶴乃家』を出るのは、亥の刻四つ（午後十時）前だ。
ざっと二刻（四時間）ある。
行って事を済ませて戻るのには充分だ……。
右近は、足早に来た道を戻って不忍池に向かった。

神田川は月明かりに輝いていた。
柳原通りの柳並木は夜風に揺れた。
対岸の左衛門《さえもんがし》河岸を、提灯の明かりがやって来た。
提灯の明かりは、左衛門河岸から神田川に架かる新シ橋に曲がった。
提灯を持った男は勇次であり、大店の旦那を装った弥平次と一緒だった。
二人は、新シ橋を渡って南詰の袂に出た。
刹那、柳の木陰から覆面をした侍が現れ、勇次に斬り掛かった。
「野郎……」
勇次は、咄嗟に持っていた提灯を覆面をした侍に投げ付けた。
覆面の侍は、提灯を刀で打ち払った。

提灯は、地面に落ちて大きく燃えあがった。

弥平次は十手、勇次は萬力鎖《まんりきぐさり》を構えて覆面の侍に対峙《たいじ》した。

燃えあがった炎は、包囲している和馬、幸吉、雲海坊、由松の姿を浮べた。

覆面の侍は怯《ひる》んだ。

「これ迄だ、片岡右近……」

和馬は、覆面の侍に近付いた。

「神崎さん、あんた役人だったのか……」

覆面を脱いだ右近は、淋しげな笑みを浮べた。

「右近、初音のおとみに渡す金欲しさの辻強盗か……」

和馬は、腹立たしげに尋ねた。

「そこ迄、探ったか……」

右近は、顔を歪《ゆが》めて僅かに狼狽《ろうばい》した。

「右近、おとみはお前の母親か……」

「まあな……」

右近は、言葉を濁して苦笑し、猛然と和馬に斬り掛かった。

和馬は、十手を振るって応戦した。

幸吉、雲海坊、由松、勇次は、それぞれの得物で右近を捕えようとした。

右近は、必死に抗《あらが》いながら新シ橋に進んだ。

新シ橋の行く手には、着流し姿の久蔵が佇んでいた。

右近は、恐怖に衝《つ》き上げられた。

「お、おぬし……」

右近は、喉を引き攣らせて声を嗄らした。

「片岡右近、南町奉行所の秋山久蔵だ」

久蔵は、冷たく笑った。

「秋山久蔵……」

右近は、新シ橋の欄干《らんかん》に追い詰められた。

「神妙にしろ、片岡右近……」

和馬は告げた。

次の瞬間、右近は刀を己の腹に突き立てた。

「右近……」

和馬は思わず叫び、幸吉、雲海坊、由松、勇次は立ち竦んだ。

「秋山さま……」

弥平次は眉をひそめた。

「生き恥はかかぬか……」

久蔵は、腹を切る右近を冷徹に見据えた。

右近は、哀しげに顔を歪めて崩れ落ちた。

「右近……」

和馬、幸吉、雲海坊、由松、勇次は、崩れ落ちた右近に駆け寄った。

久蔵は、おとみの事を訊かれて僅かに狼狽した右近が気になった。

久蔵は、和馬に命じて小料理屋『初音』の女将おとみを大番屋に引き立てた。

おとみは、厚化粧の顔を不服げに歪めて詮議場の筵《むしろ》に座った。

久蔵は、座敷からおとみを見下ろした。

「おとみ、お前、片岡右近から金を貰っていたな」

和馬は問い質《ただ》した。

「ええ。貰っていましたよ」

「そいつは、右近の母親としてか……」

「母親……」

おとみは眉をひそめた。

「ああ。右近が子供の頃に渡り中間と駆け落ちした母親だ。違うのか……」

和馬は、おとみを見詰めた。

おとみは笑い出した。

甲高い声でさも面白そうに大声で笑った。

和馬は戸惑った。

「おとみ……」

久蔵は、厳しい声音でおとみを呼んだ。

おとみは、笑いを消した。

「お前、右近の情婦《いろ》だったんだな」

久蔵は、おとみを見据えた。

「情婦……」

和馬は驚いた。

「情婦だなんて、右近はつばめですよ」

「つばめ……」

和馬は言葉を飲んだ。

「ええ。まるで子供のように私のおっぱいに吸い付いてね。お金を持って来るだけ可愛がってやったんですよ。あははは……」

おとみは笑った。

片岡右近は、おとみに可愛がって貰いたい一心で辻強盗を働いたのだ。

「和馬、右近との拘わり、詳しく訊くんだな」

久蔵は、おとみを和馬に任せて大番屋を出た。

風は冷たかった。

久蔵は、南町奉行所に向かった。

片岡右近は、子供の頃に失った母親の面影をおとみに求めたのかもしれない。

所詮は偽りだと知りながら……。

久蔵は、片岡右近に腹立たしさと哀れさを覚えずにはいられなかった。

「猫被りは生き恥を曝《さら》さぬか……」

吹き抜ける風は、久蔵の鬢《びん》の解《ほつ》れ髪を揺らした。

# 第三話 上意討

一

弥生《やよい》──三月。

花見の季節。

江戸の桜の名所は、上野の寛永寺、王子の飛鳥山《あすかやま》、品川の御殿山《ごてんやま》、向島《むこうじま》の隅田川堤などがあり、満開の時は花見客で賑わった。

桜の花は七分咲きになった。

八丁堀岡崎町の秋山屋敷は、香織と大助母子と、与平お福夫婦の出掛ける仕度で賑わっていた。

「それでは旦那さま、行って参ります」

香織は与平お福夫婦を伴い、式台にいる久蔵に挨拶をした。

「ああ。ちょいと早いがゆっくり楽しんでくるんだな」

久蔵は微笑んだ。

「はい。では、与平、お福……」

「はい。行って参ります、旦那さま……」

香織と与平お福夫婦は、久蔵に頭を下げて玄関を出た。

「母上……」

玄関先には、大助がお糸や勇次と一緒に待っていた。

「それでは旦那さま……」

お糸は、久蔵に会釈をした。

「うむ。お糸、弥平次とおまきに宜しくな」

「はい……」

「勇次、頼んだぜ」

「お任せを……」

勇次は頷いた。

「じゃあ奥さま、与平さんお福さん……」

お糸は、香織と与平お福夫婦を促した。

「はい……」

「船着場迄、お見送りします」

太市は、久蔵に告げた。

香織、大助、与平、お福は、お糸と勇次に誘《いざな》われて亀島川《かめじまがわ》に架かる亀島橋の船着場に向かった。

久蔵は、花見に行く香織、大助、与平、お福を見送った。

気の早い一枚の桜の花片《はなびら》が、風に舞って飛んで来た。


亀島川に架かる亀島橋の船着場には、船宿『笹舟』の船頭の親方の伝八が屋根船を舫って待っていた。

「お待ちしていましたよ、奥さま、大助さま」

伝八は、満面に笑みを浮べて塩辛声で挨拶をした。

「お世話になります、伝八さん……」

「へい。やあ、与平さん、お福さん……」

「おう、伝八の親方。宜しく頼むよ」

「ああ、任せておけ」

お糸と勇次は、香織と大助、与平お福夫婦が屋根船に乗るのを介添えした。

太市は手伝った。


「うむ……」

「どっこいしょ……」

お福は、太市の手を借りて肥った身体を障子の内に降ろした。

屋根船は揺れた。

「じゃあ太市、旦那さまをお願いしますよ」

「はい。お気を付けて……」

「じゃあな、太市……」

勇次は告げた。

「はい。お願いします」

「太市ちゃん……」

大助は、船着場にいる太市に手を振った。

「良い子にするんですよ、大助さま……」

太市は、大助に笑い掛けた。

「うん……」

大助は元気に頷いた。

伝八は、屋根船を箱崎に向けて漕ぎ出した。

太市は見送った。

伝八の漕ぐ屋根船は、日本橋川を横切って箱崎から三ツ俣《みまた》を抜けて大川に出た。

大助は初めて船に乗り、眼を輝かせて大川を行き交う船を眺めた。

屋根船は、大川の流れを遡《さかのぼ》って神田川の柳橋の船着場に着いた。

船着場には弥平次とおまきが、酒と料理を持った仲居たちと待っていた。

「これはこれは奥さま……」

弥平次とおまきは、屋根船に乗り込んで香織に挨拶をした。

「柳橋の親分さん、女将さん、今日はお招き戴きましてありがとうございます」

「いいえ……」

「向島の桜は七分咲きだそうでして、申し訳ございません」

おまきは詫びた。

「いいえ。花見時は船宿もお忙しい時、こちらこそ気にして戴き、申し訳ございません」

「とんでもないことです」

弥平次とおまきは恐縮した。

「じゃあ、お父っつぁん……」

酒と料理を屋根船に積み込んだお糸は、弥平次に屋根船を出すと告げた。

「うん。伝八、勇次、頼むよ」

「へい……」

伝八と勇次は、屋根船を大川に漕ぎ出した。

屋根船は、香織、大助、与平、お福、弥平次、おまき、お糸を乗せ、伝八と勇次によって大川を遡って向島に向かった。

屋根船は浅草御蔵、御厩河岸《おんまやがし》、駒形堂、竹町之渡《たけちょうのわたし》を西に見て進み、浅草吾妻橋を潜って向島に近付いた。

向島の隅田川堤には桜並木が連なり、花を七分程に咲かせていた。

伝八と勇次は、屋根船を隅田川堤に寄せた。

桜の花は七分咲きでも充分に美しく、連なる並木は桜色に覆われていた。

「わあ……」

大助は、初めて見る桜並木に眼を丸くして手を叩いた。

「綺麗……」

香織は、眼を細めて眺めた。

「本当に……」

お福は、桜並木の美しさに吐息を洩らした。

「寿命が伸びるよ」

与平は、桜並木に手を合わせた。

伝八と勇次は、屋根船をゆっくりと進めた。

七分咲きの桜並木の下には、花見やそぞろ歩きを楽しむ者たちが大勢いた。

「親分、良さそうな処に舫いますかい……」

伝八は尋ねた。

「ああ。頼むよ」

「合点《がってん》です。勇次……」

伝八は、舳先《へさき》にいる勇次に声を掛けた。

「親方、あそこが良いでしょう」

勇次は、行く手に見える小さな入江を示した。

「よし……」

伝八は、屋根船を小さな入江に入れて船縁《ふなべり》を岸辺に寄せた。

勇次が岸に飛び降り、桜の花の咲く枝の下に屋根船を舫った。

「よし。じゃあ、おまき、お糸……」

「はい……」

おまきとお糸は、料理を広げて酒の仕度をし始めた。

「さあて、奥さま、与平さんお福さん、花見を始めましょう」

「はい。与平、お福、遠慮なく戴きましょう」

「ええ。美味しそうなお料理ですねえ」

お福は、広げられた料理を嬉しそうに見廻した。

「ささ、奥さま。どうぞ……」

弥平次は、香織に酒を勧めた。

「じゃあ、一杯だけ……」

香織は、盃に酌を受けた。

「さあ、与平さんも……」

「いやあ、すまないねえ、親分……」

与平は、嬉しげに酒を注いで貰った。

大助は、海苔巻を両手で摑んで食べた。

伝八と勇次も加わり、花見は賑やかに始まった。

桜の花片はちらほらと舞い散った。


半刻が過ぎた。

花見は楽しく続けられていた。

勇次が、障子の外から弥平次を小声で呼んだ。

「親分……」

「なんだい……」

「土手の上を……」

勇次は、隅田川堤を示した。

二人の羽織袴の武士が、吾妻橋の方から花見客を突き飛ばさんばかりの勢いで走って来た。

弥平次は眉をひそめた。

「何かあったんですかね」

「うん。奥さま、ちょいと御無礼致します。おまき、お糸、頼んだよ」

弥平次は、香織に挨拶をし、おまきとお糸に後を頼んだ。

「はい……」

おまきとお糸は頷いた。

弥平次は、勇次を伴って堤下の草むらを隅田川堤に急いだ。


二人の羽織袴の武士は、隅田川堤の道の端で弥次郎兵衛を作って売っている行商人の前に立った。

行き交う人たちは、二人の羽織袴の武士と弥次郎兵衛売りの行商人を怪訝そうに見守った。

弥平次と勇次が、見守る人々の背後に駆け付けた。

手拭で頬被りをしている行商人は、息を荒く鳴らしている二人の羽織袴の武士を静かに見上げた。

「佐助《さすけ》、早川惣兵衛《はやかわそうべえ》は何処にいる……」

羽織袴の武士の一人が、手拭で頬被りをしている行商人に怒鳴った。

「権藤《ごんどう》さま、手前は何も存じません……」

佐助と呼ばれた行商人は、怒鳴った権藤を一瞥して弥次郎兵衛を作り続けた。

「おのれ、佐助……」

もう一人の羽織袴の武士が、弥次郎兵衛を並べてある板を蹴り上げた。
弥次郎兵衛と板が宙を舞った。
見守っていた人々は騒《ざわ》めき、弥平次と勇次は眉をひそめた。
佐助は、弥次郎兵衛を蹴り上げた羽織袴の武士を見上げた。
「何だ、その眼は……」
羽織袴の武士は、佐助の胸倉を鷲掴《わしづか》みにして引き摺りあげようとした。
刹那、佐助は己の胸倉を摑んだ羽織袴の武士の腕を押えて捻りあげた。
羽織袴の武士は、激痛に顔を醜く歪めた。
佐助は、羽織袴の武士を突き飛ばした。
羽織袴の武士は、顔から激しく倒れ込んだ。
見守る人々が失笑した。
「大丈夫か、高木《たかぎ》……」
権藤は、倒れた羽織袴の武士に駆け寄った。
「下郎……」
高木と呼ばれた羽織袴の武士は、額に擦り傷を作って熱《いき》り立った。
佐助は、熱り立つ高木を無視して散らばった弥次郎兵衛を拾い集め始めた。

高木と権藤は、佐助に背後から襲い掛かった。

佐助は素早く躱し、高木を蹴り飛ばして権藤に鋭い投げを打った。

高木と権藤は、無様に倒れて土埃《つちぼこり》を舞いあげた。

見守っていた人々は、声をあげて笑った。

高木と権藤は、無様な己を恥じて慌てて駆け去った。

「親分……」

勇次は、追うかどうか弥平次の指示を仰いだ。

「うむ……」

弥平次は頷いた。

「じゃあ……」

勇次は、高木と権藤を追った。

見守る人々は散った。

佐助は、弥次郎兵衛を拾い集めていた。

弥平次は、弥次郎兵衛を拾うのを手伝った。

「ありがとうございます」

「いいや。どうって事ないさ。一つ貰おうか。幾らだい……」

「もう売り物になりません。どうぞ……」

佐助は笑った。

「そうかい。じゃあ、一つ戴くよ」

「どうぞ。では……」

佐助は、弥平次に会釈をし、弥次郎兵衛を入れた風呂敷包みを背負い、筵を抱えて吾妻橋に向かった。

弥平次は見送った。

錫杖の鐶が鳴った。

弥平次は、錫杖の鐶の鳴った方を見た。

饅頭笠《まんじゆうがさ》を被った雲海坊が、錫杖を手にして佇んでいた。

弥平次は、目顔で追えと告げた。

雲海坊は頷き、佐助を追って行った。

弥平次は、弥次郎兵衛を汚している土埃を払い落とした。

神田川に架かる昌平橋を南に渡り、幽霊坂をあがると甲賀町《こうがちよう》になり、駿河台《するがだい》の旗本屋敷が甍を連ねている。

権藤と高木は、吾妻橋を渡って浅草広小路に出た。そして、蔵前通りから神田川沿いを西に進んで昌平橋に出た。

勇次は追った。

権藤と高木は、勇次の尾行に気付かぬ処か警戒する気配もなく甲賀町にある旗本屋敷に入った。

勇次は見届けた。

誰の屋敷なのか……。

勇次は、辺りを見廻して聞き込みの相手を捜した。


佐助は、水戸藩江戸下屋敷の前を通って源森川に架かる源森橋を渡り、中ノ郷瓦町《かわらちょう》を抜けて横川に出た。そして、横川に架かる業平橋《なりひらばし》を渡って尚も進み、横《よこ》十間川《じっけんがわ》に出た。

柳島橋を渡って横十間川沿いを南に進むと、越後国村松藩江戸下屋敷、萩で名高い龍眼寺、陸奥国津軽藩江戸下屋敷、寺などが続き、亀戸町《かめいどちょう》となり亀戸天神がある。

佐助は、丸めた筵などを抱えて横十間川沿いを進んだ。

雲海坊は慎重に追った。

佐助は、亀戸町の裏通りに入り、古い長屋の木戸を潜った。

雲海坊は、古い長屋の木戸に駆け寄った。

佐助は古い長屋の奥の家に入った。

雲海坊は見届けた。

物売りの売り声が、亀戸町の裏通りに長閑に響き渡った。

秋山屋敷の表門は開いていた。

「太市ちゃん……」

大助は、弥次郎兵衛を握り締めて表門に駆け込んだ。

「お帰りなさい。大助さま……」

前庭を掃除していた太市が箒を置き、駆け寄った大助を抱き上げた。

「弥次郎兵衛……」

大助は、太市に弥次郎兵衛を見せた。

「ああ、弥次郎兵衛か、良いなあ……」

「うん……」

大助は頷いた。

太市は、大助を下ろして表門を出た。

香織とお糸が肥ったお福の手を取り、弥平次が与平を労《いたわ》るようにやって来た。

「お帰りなさい」

太市は駆け寄り、香織と代わってお福の手を取った。

「太市、変わった事はありませんでしたか」

香織は尋ねた。

「はい。ありません」

「そうですか……」

「如何でした、花見は……」

「それはもう、綺麗でしたよ」

香織は、思い出して眼を細めた。

弥平次は、柳橋でおまきを降ろし、お糸と共に香織、大助、与平、お福を送って来た。

「やあ、帰ったか。柳橋の、お糸、世話になったな……」

久蔵が、庭に続く木戸から出て来た。

「父上……」

大助は、弥次郎兵衛を翳《かざ》して久蔵に駆け寄った。

「弥次郎兵衛売りか……」

久蔵は茶を飲んだ。

「はい。佐助と申しましてね。侍二人を相手に見事な投げ技。おそらく柔術の心得があるものかと……」

「只の弥次郎兵衛売りじゃあねえか……」

「おそらく。それで、先に向島に行かせておいた雲海坊に追わせました」

弥平次は告げた。

「で、二人の羽織袴の侍は……」

「形《なり》から見て、お大名か大身《たいしん》旗本の御家中かと。で、勇次が追いました」

「うむ。肝心なのは、二人の侍が弥次郎兵衛売りの佐助に何の用があったのかだな」

「はい。二人の侍、権藤と高木ですが、佐助に早川惣兵衛は何処にいると訊いていました」

「早川惣兵衛……」

「はい……」

「で、佐助は……」

「何も存じません。……」

弥平次は、厳しさを過ぎらせた。

「そして、争いになったか……」

「はい……」

「何かありそうだな」

久蔵は、その眼を僅かに輝かせた。

「秋山さまもそうお思いになりますか……」

「ああ。さあて何が出て来るか……」

久蔵は、皮肉っぽい笑みを浮べた。

弥次郎兵衛で遊んでいる大助と太市の笑い声が、庭先から楽しげに響いた。

甲賀町の武家屋敷の主は、四千石取りの旗本で無役の大野《おおの》政信《まさのぶ》だった。

勇次は突き止め、船宿『笹舟』に戻ろうとした。その時、権藤と高木が、半纏を着た中年男と大野屋敷から出て来た。

勇次は、物陰に隠れた。

権藤と高木は、半纏を着た中年男と共に幽霊坂を神田八ッ小路に向かった。

勇次は追った。


亀戸町の古い長屋の井戸端では、おかみさんたちが夕食の仕度を始めた。そして、弥次郎
弥次郎兵衛売りの佐助は、一年前から古い長屋に住んでいた。

兵衛や風車を作って縁日などで売り歩いていた。

今日はもう動かないかもしれない……。

雲海坊は、見張りを解こうとした。

奥の家の腰高障子が開き、佐助が出て来た。

雲海坊は隠れた。

佐助は、井戸端のおかみさんたちに挨拶をしながら古い長屋を出た。

雲海坊は追った。

佐助は、横十間川沿いの道に出て鋭い眼差しで辺りを窺った。

警戒している……。

雲海坊は、離れた物陰から見守った。

佐助は、辺りに不審な者はいないと見定めて素早く隣りの寺の山門を潜った。

雲海坊は、寺の山門に走り、境内を覗いた。

境内に佐助はいなかった。

二

雲海坊は境内に入り、辺りを見廻した。

狭い境内の周囲には、本堂、阿弥陀堂、庫裏《くり》、方丈、鐘楼《しょうろう》などがあり、人影はなかった。

雲海坊は、本堂の裏に廻った。

本堂の裏には数本の庭木があり、古い家作があった。

佐助は家作を訪れた……。

雲海坊は睨んだ。

家作には誰が住んでいるのか……。

佐助は何を警戒しているのか……。

雲海坊は、新たな疑念に衝き上げられた。

陽はゆっくりと沈み、西の空を赤く染め始めた。


大川は夕暮れに覆われた。

権藤と高木は、半纏を着た中年男に誘われるように両国橋を渡り、大川沿いの道を向島に向かった。

何処に行く……。

勇次は追った。そして、半纏を着た中年男の素性を読んだ。

半纏を着た中年男は、旗本の大野屋敷に雇われている渡り中間なのかもしれない……。

勇次は睨んだ。

半纏を着た中年男は、権藤と高木を伴って南本所番場町《ばんばちよう》に進んだ。そして、腰高障子に丸に〝都〟の文字を書いた家に入った。

勇次は、丸に〝都〟の文字を書いた腰高障子の家の主を知っていた。

本所の香具師《やし》の元締の都鳥の吉兵衛《きちべえ》の家……。

香具師とは、各地の縁日や祭礼などで大道芸をしたり、粗製な品物を売る者を称した。そして、香具師の元締は、そうした香具師を仕切り、手配りなどをしていた。

半纏を着た中年の男は、権藤と高木を向島を仕切っている本所の香具師の元締吉兵衛の家に案内して来たのだ。

弥次郎兵衛売りの佐助を捜し、居場所を突き止める為……。

勇次は睨んだ。

僅かな時が過ぎ、権藤や高木が半纏の中年男と吉兵衛の家から出て来た。

白髪頭の都鳥の吉兵衛と若い衆が、続いて家から現れた。

「すまなかったな、梅造《うめぞう》。役に立たなくて」

吉兵衛は、半纏を着た中年男に声を掛けた。

「いいえ。元締、その佐助って野郎がいたら、申し訳ありませんが、直ぐにお報せくだせえ」

梅造と呼ばれた半纏を着た男は、吉兵衛に頭を下げて頼んだ。

権藤と高木は、構わず歩き出していた。

「ああ。見付けたら若い者を走らせるよ」

「お願《ねげ》えします。じゃあ……」

梅造は、吉兵衛に頭を下げて権藤と高木に続いた。

勇次は追った。

権藤と高木は、渡り中間の梅造の知り合いに香具師の元締の吉兵衛がいるのを知り、佐助の居所を突き止めに来た。だが、佐助は都鳥一家に拘わる香具師ではなく、元締の吉兵衛も若い衆も知らなかったのだ。

勇次は、来た道を戻る権藤、高木、梅造を尾行ながら読んだ。


「そうか。佐助は亀戸町の長屋に住んでいるのかい……」

弥平次は、雲海坊に念を押した。

「はい。一年前から……」

「素性は……」

「そいつは未だですが、佐助、夕暮れ時に近くにある高仙寺《こうせんじ》って寺に行き、その古い家作を訪れましてね」

「古い家作……」

弥平次は眉をひそめた。

「はい。で、あっしがその場を離れる迄、出て来ませんでした」

「誰が住んでいるのかな……」

「浪人さんと娘さんだとか……」

「早川惣兵衛って人かな」

弥平次は首を捻った。

「かもしれませんね」

雲海坊は頷いた。

「親分……」

勇次が、襖の外にやって来た。

「おう。入りな」

「お邪魔します」

勇次が入って来た。

「どうだ。何処の侍共か分かったか……」

「はい。駿河台は甲賀町の大野政信って旗本の家来でした」

「甲賀町の大野政信か……」

「はい。それで……」

勇次は、権藤と高木が渡り中間の梅造と南本所番場町の香具師の元締吉兵衛を訪れ、弥次郎兵衛売りの佐助を捜している事を伝えた。

「権藤と高木、佐助を捜してどうするつもりなんですかね」

雲海坊は眉をひそめた。

「おそらく、早川惣兵衛って人の居所を聞き出そうとしているんだ」

弥平次は睨んだ。

「で、どうしますか……」

雲海坊は身を乗り出した。

「うん。明日から幸吉や由松と一緒に詳しく調べてくれ」

弥平次は命じた。

「承知しました」

雲海坊と勇次は頷いた。

亀戸町の裏長屋は、幼い子供たちが駆け廻り、おかみさんたちが井戸端で洗濯とお喋りに忙しかった。

雲海坊と由松は、木戸から長屋の様子を見守っていた。

「弥次郎兵衛売りの佐助ねえ……」

由松は首を捻った。

「お前も知らないか……」

由松は、しゃぼん玉売りとして縁日や祭礼を歩き廻っており、本所の香具師の元締の吉兵衛も知っている。

「ええ。親分にも訊かれましたが、聞いた事のない名前でしてね。昨日今日の新参者でしょうね」

「佐助は一年前に此処に越して来ている。それからの弥次郎兵衛売りかな」

「きっと……」

由松は頷いた。

四半刻が過ぎた。

おかみさんたちの洗濯も終わり、長屋に静けさが訪れた。

奥の家の腰高障子が開き、佐助が風呂敷包みを背負い、丸めた筵を抱えて出て来た。

「兄貴……」

由松は囁いた。

「佐助だ、見た面かな……」

「いいえ……」

佐助は、古い長屋を出て行った。

雲海坊と由松は、佐助を追って木戸を出た。

佐助は、辺りを窺い、警戒する足取りで横十間川沿いを北に向かった。

向島の隅田川堤に商いに行くのか……。

雲海坊と由松は、慎重に尾行を開始した。


駿河台甲賀町の大野屋敷は、主の政信が無役で登城する事もなく表門を閉めていた。

幸吉と勇次は、付近の旗本屋敷の中間小者たちに大野政信について訊き廻った。

気短かで怒りっぽく、家来や奉公人に厳しい人柄……。

屋敷内は常に緊張をしている……。

幸吉と勇次は、大野屋敷と主政信の評判を知った。

「殿さまも屋敷も、余り奉公したくない家ですね」

勇次は眉をひそめた。

「ああ……」

幸吉は苦笑した。

大野屋敷の潜り戸が開いた。

幸吉と勇次は、物陰から見守った。

権藤と高木が、梅造を伴って出て来た。

「背の高いのが権藤、もう一人が高木。半纏を着たのが渡り中間の梅造です」

勇次は、幸吉に教えた。

権藤、高木、梅造は、幽霊坂を神田八ッ小路に向かった。

幸吉と勇次は追った。


隅田川の流れには桜の花片が散っていた。

佐助は、向島に続く源森橋ではなく隅田川に架かる吾妻橋を渡った。

向島には行かない……。

「商い場所を変えるようですね」

「ああ。権藤や高木ってのに見付かるのを恐れているんだろう」

雲海坊は読んだ。

佐助は、浅草広小路を抜けて下谷に進んだ。

「じゃあ、上野のお山で商いをするつもりですかね」

上野の東叡山寛永寺も江戸の桜の名所であり、花見客で賑わう。

今日、佐助は向島ではなく、上野の寛永寺で弥次郎兵衛を売るつもりなのだ。

「きっとな……」

雲海坊と由松は、新寺町の通りを下谷に向かう佐助を追った。

向島の隅田川堤の桜は八分咲きになり、花見客は昨日より多くなっていた。

権藤と高木は、梅造と共に土手道に連なる露店に弥次郎兵衛売りの佐助を捜した。

幸吉と勇次は、佐助を捜す権藤、高木、梅造を見守った。

弥次郎兵衛売りの佐助はいなかった。

梅造は、露店の人々に佐助の事を聞き始めた。だが、佐助の居所や住まいを知る者はいなかった。

「佐助、今日も権藤たちが来ると読み、商いの場所を変えたようですね」

勇次は読んだ。

「ああ。それから露店仲間も佐助の住まいを知らないようだな」

幸吉は睨んだ。

「って事は……」

「佐助に油断はないようだ」

「ええ。どんな素性の奴なんですかね」

「そいつは雲海坊と由松が突き止めるだろう」

幸吉は笑った。

権藤、高木、梅造は、佐助の住まいを知る者を捜し続けた。

桜の花は花片を僅かに散らし、花見客の賑わいは続いた。


東叡山寛永寺の桜は辺りを桜色に染め、大勢の花見客を酔わせていた。

佐助は、道端に筵を敷いて弥次郎兵衛や風車を売っていた。

雲海坊と由松は見守った。

子供相手の文銭商い。

佐助は、大して儲からない商いを真面目に勤めていた。

「権藤と高木、向島に行ったんですかね」

由松は眉をひそめた。

「きっとな。今頃、佐助を捜し廻っているさ」

雲海坊は嘲りを浮べた。

「間抜けな野郎共ですね」

「よし。由松、俺は亀戸町の高仙寺に行って家作に住んでいる浪人父娘を調べてみる。佐助を頼むぜ」

「承知……」

由松は頷いた。

「じゃあな……」

雲海坊は、薄汚れた衣を翻して本所亀戸町に急いだ。

桜の花片は風に乗り、南町奉行所の用部屋に舞い込んだ。

「甲賀町の大野政信、四千石取りの旗本だな」

久蔵は、旗本武鑑の大野政信の頁を開いていた。

「はい……」

弥平次は頷いた。

「で、無役の寄合か……」

「お役目には就いていませんか……」

「うむ。柳橋の。佐助は一年前に亀戸町の長屋に越して来たんだな」

「はい……」

「一年前、佐助は何かがあって亀戸町に越して来た……」

「その何かが、何なのかです……」

弥平次は首を捻った。

「ああ、柳橋の。その何かは、大野政信に拘わり、あるのかもしれねえな」

久蔵は読んだ。

「大野さまに……」

弥平次は眉をひそめた。

「うむ。よし、ちょいと調べてみるか……」

久蔵は、楽しげな笑みを浮べた。

本所亀戸町の高仙寺は、訪れる参拝客もなく静けさに覆われていた。

雲海坊は、庫裏の腰高障子を叩いた。

返事がし、腰高障子を開けて寺男が顔を出した。

「同門の雲海と申します。托鉢《たくはつ》の途中、井戸端で弁当を使わせて戴きたいのですが……」

雲海坊は、陽に焼けた饅頭笠を取って頼んだ。

「それはそれは雲海さま、井戸端などと仰《おつしや》らず、どうぞ、庫裏でお弁当をお使いください」

「いえいえ、土埃塗《まみ》れの破れ衣、井戸端で結構にございます。で、井戸端は……」

雲海坊は尋ねた。

「は、はい。井戸は庫裏の裏に……」

「分かりました。では……」

雲海坊は、庫裏の裏に廻った。

井戸は、庫裏の土間を抜けた裏にあった。

雲海坊は、井戸端で手と顔を洗って握り飯を食べ始めた。

庭木越しに小さな家作が見えた。

雲海坊は、握り飯を食べながら小さな家作を窺った。
小さな家作の庭には洗濯物が干され、障子の開けられた座敷には蒲団《ふとん》が敷かれていた。
蒲団には、年老いた男が横たわっていた。
雲海坊は、井戸端から見守った。
やがて、十七、八歳の武家の娘が土瓶《どびん》と湯呑茶碗を持って座敷に入って来た。
娘は、土瓶の煎じ薬を湯呑茶碗に注いだ。
煎じ薬の匂いは、井戸端にいる雲海坊の処まで漂った。
娘は、年老いた男を起こして湯呑茶碗の煎じ薬を飲ませ始めた。
年老いた男は病であり、娘に看病されている……。
雲海坊は読んだ。
娘は、煎じ薬を飲ませた年老いた男を再び蒲団に寝かせた。
年老いた病の男は、権藤や高木が捜している早川惣兵衛なのかもしれない。
雲海坊は、見定める手立てを思案した。
「雲海さま……」
寺男が、湯気の昇る熱い茶を持って来た。

「お茶をどうぞ……」

「これはこれは、忝のうございます」

雲海坊は茶を飲んだ。

「托鉢、御苦労さまにございます」

「いいえ。何事も御仏のお導きにございます。処で家作にお住まいの方は、病にございますか……」

雲海坊は、家作を眺めながらそれとなく探りを入れた。

「はい。胃の腑に質《たち》の悪い腫《は》れ物が出来ているそうでして……」

寺男は同情した。

「それはお気の毒に……」

「はい。それで御住職の浄真《じようしん》さまが、看病の娘さんと家作にお引き取りになられたのでございます」

「それは、御奇特な……」

「はい。浄真さまと早野《はやの》さまは、幼馴染みだそうでしてね」

「早野さまですか……」

雲海坊は眉をひそめた。

「はい。家作で養生されているのは、早野惣右衛門《そうえもん》さまと娘の由衣《ゆい》さまにございます」

早野惣右衛門……。

権藤と高木が捜している早川惣兵衛と似た名前だ。

偽名だ……。

雲海坊の勘は、早野惣右衛門が早川惣兵衛の偽名だと囁いた。

「早野さまは御浪人なんですか……」

「昔は何処かの御家中だったそうですが、今は御浪人だそうですよ」

「何処の御家中だったかは……」

「さあ、そこ迄は……」

寺男は首を捻った。

「そうですか……」

潮時だ……。

これ以上の質問は、寺男を警戒させる。

「早野さま、病が早く治ると良いですね」

雲海坊は、握り飯を食べて茶をすすった。

佐助は、旗本大野家と何らかの拘わりがある。そして、一年前に何かがあった。

久蔵は睨んだ。

一年前にあった事とは何か……。

久蔵は、旗本を監察する目付《めつけ》の榊原采女正《さかきばらうねめのしょう》を訪れた。

「大野政信どのか……」

榊原は、微かな嫌悪を滲ませた。

「どのようなお方ですか……」

久蔵は、榊原が大野政信を秘かに嫌っているのに気付いた。

「昔は甲府勤番支配などを務めた事もあったが、評判は余り良くないな」

「どのように……」

「狷介《けんかい》で頑迷固陋《がんめいころう》。世間知らずで己の意見を他人に押し付ける痴《し》れ者。井の中の蛙《かわず》。いろいろある……」

榊原は苦笑した。

「そのような大野さまに諫言《かんげん》する者はいないのですか……」

「かつてはいたそうだが、大野どのは目障りな邪魔者として隠居させたり、暇を出したりしたそうだ」

「どうしようもない殿さまですな……」

久蔵は呆れた。

「うむ……」

榊原は頷いた。

「処で榊原さま、その大野家で一年前、何かありませんでしたかね」

久蔵は話を進めた。

「一年前……」

「はい……」

「一年前に大野家でな……」

榊原は眉をひそめた。

久蔵は待った。

「そう云えば、大野どの、一年前に気に入らない若い家来を手討にしたそうだ……」

「若い家来を、気に入らないだけで手討ですか……」

久蔵は厳しさを滲ませた。

佐助は、大野による気に入らない家来の手討と拘わりがあるのかもしれない。

「左様。そして、老臣が余りにも愚かな所業と大野どのを罵倒して見限り、さっさと暇を取って出て行ったそうだ」

「して、大野さまは……」

「家来に見限られるは主の恥。家中に箝口令《かんこうれい》を敷き、見限って暇を取った老臣を上意討にするよう秘かに命じたそうだ」

「上意討……」

久蔵は眉をひそめた。

三

大野政信は、気に入らない若い家来を手討にした。そして、それを愚かな所業と罵倒し、見限って出て行った老臣の上意討を企てていた。

上意討とは、主君の命を受けて罪人を討つ事だ。

大野は、己を罵倒して見限った老臣を罪人とし、家来たちに討ち果たせと命じたのだ。

久蔵は、大野政信の愚かさを知った。

「榊原さま、大野さまを見限った老臣、名は何と申されますか……」

久蔵は訊いた。

上意討を仕掛けられた老臣は、権藤と高木が捜している早川惣兵衛なのかもしれない。

「さあて、そこまでは知らぬが……」

榊原は、大野を見限った老臣の名を知らなかった。

「では、その上意討は……」

「未だ討ち果たしたとは聞かぬ」

「左様ですか……」

いずれにしろ佐助は、手討にされた若い家来か見限った老臣のどちらかに拘わりがあるのだ。

久蔵は読んだ。

大野政信を罵倒して見限り、上意討を仕掛けられている老臣とは誰なのか……。

老臣が誰か分かれば、佐助の素性も割れる筈だ。

久蔵は、榊原屋敷を辞して駿河台甲賀町に向かった。

向島の隅田川堤は、桜見物の人々で賑わい続けていた。

権藤と高木は、茶店に陣取って佐助が現れるのを待った。

幸吉と勇次は見守った。

「しつこい野郎共ですねぇ……」

勇次は呆れた。

「ああ。昨日の今日で、佐助が警戒して来ないのが分からないとはな……」

幸吉は嘲りを浮べた。

梅造が、茶店にいる権藤と高木に駆け寄って何事かを告げた。

権藤と高木は、満面に緊張を浮べて縁台から立ち上がった。そして、梅造に誘われて隅田川堤を水戸藩江戸下屋敷の方に急いだ。

「幸吉の兄貴……」

勇次は、微かな焦りを覚えた。

「佐助の住まいが知れたのかもな」

幸吉は睨んだ。

「ええ……」

「よし。追うぜ」

幸吉と勇次は、権藤、高木、梅造を追った。

上野は花見客で賑わった。

佐助は道端に座り、弥次郎兵衛や風車を売り続けていた。

由松は見守った。

子供相手のささやかな商いでも、数をこなせば馬鹿にならない。

それは、由松がしゃぼん玉売りだからこそ分かる事だった。

佐助は、弥次郎兵衛や風車をその場で作りながら売った。

由松は、佐助を見張りながら鋭い眼差しで辺りを窺った。

いつの間にか権藤、高木、梅造が現れるのを警戒している……。

由松は、自分が佐助側に立っているのに気付いて苦笑した。そこには、しゃぼん玉と弥次郎兵衛の違いはあっても、子供相手のささやかな商いをする同業者意識があるからだ。

由松は、佐助を見張りながら護っていた。

上野の花見客の賑わいは続いた。

亀戸天神は藤の花の名所だが、その蕾《つぼみ》はまだまだ固かった。

権藤、高木、梅造は、亀戸天神の周りの亀戸町の長屋を当たり、佐助を捜し始めた。

幸吉と勇次は見守った。

「幸吉の兄貴……」

勇次は、緊張を滲ませた。

「どうやら、佐助が亀戸天神界隈の長屋にいるのが分かったようだな」

「はい。梅造の野郎、行商人の誰かに聞いたんでしょうね」

「うん。亀戸天神界隈で見掛けたとかな……」

幸吉は読んだ。

「佐助、このままじゃあ見付かりますよ」

勇次は眉をひそめた。

「ああ……」

幸吉は、厳しい面持ちで頷いた。

大野屋敷のある甲賀町には、備後国福山藩、豊後国府内藩、信濃国上田藩などの大名家の江戸上屋敷があり、静かな武家屋敷街だ。

久蔵は、大野屋敷の前に佇んで中の様子を窺った。

屋敷内には、言い知れぬ緊張感が漂っているかのようだった。

久蔵は苦笑し、潜り戸を叩いた。

「どちらさまにございますか……」

中間が、潜り戸の覗き窓に顔を見せた。

「某《それがし》、御家人の秋山久蔵と申す者、御家中の早川惣兵衛どのにお取り次ぎ願いたい」

久蔵は、中間に告げた。

「は、はい。少々、お待ち下さい」

中間は、潜り戸を開けた。

番士が出て来た。

「早川惣兵衛にございますか……」

番士は、久蔵に念を押した。

「左様、お取り次ぎ下され」

「秋山さま、早川惣兵衛は既に暇を取り、当家にはおりません」

番士は告げた。

「暇を取った……」

「はい。左様にございます」

「いつですか……」

「かれこれ一年前になりますが……」

「一年前か……」

久蔵は鎌を掛け、早川惣兵衛が大野家の家来だったのを突き止めた。そして、その早川惣兵衛が、主の大野政信を罵倒して見限った老臣だと見定めた。

「で、早川惣兵衛どの、今はどちらに……」

「さあ、それは分かりませぬ」

番士は困惑した。

「左様か。して、早川どの、何故に暇を取ったのかな」

久蔵は、番士に尋ねた。

「そ、それは知りませぬ……」

番士は狼狽え、慌てて言葉を濁した。

下手な事を喋ると、手討になる恐れがある家なのだ。

久蔵は嘲笑した。


権藤、高木、梅造は、亀戸町に佐助を捜し歩いた。

幸吉と勇次は、佐助の住む長屋が見付からない事を願った。

「幸吉っつぁん、勇次……」

雲海坊が辻にいた。

「雲海坊……」

幸吉と勇次は、雲海坊に駆け寄った。

「お前たちが亀戸にいるって事は、権藤と高木たちが来ているんだな」

雲海坊は読んだ。

「ああ。どうやら佐助が亀戸に住んでいるのを知ったようだ」

「そいつは拙いな」

雲海坊は眉をひそめた。

「雲海坊の兄貴、佐助は……」

勇次は尋ねた。

「上野で商いだ。由松が付いている」

「そうですか……」

「で、雲海坊は……」

幸吉は戸惑った。

「そいつなんだがな。佐助が……」

雲海坊は、佐助が訪れた高仙寺の家作で病の養生をしている浪人の早野惣右衛門と娘の由衣の事を教えた。

「早野惣右衛門と由衣……」

幸吉は眉をひそめた。

「ああ。早野惣右衛門が早川惣兵衛に間違いないな……」

雲海坊は、己の睨みを告げた。

「そうか……」

「どうします」

勇次は眉をひそめた。

「とにかく、権藤や高木に佐助を見付けさせちゃあならねえ」

幸吉は、厳しさを過ぎらせた。

「じゃあ……」

「権藤や高木より先に佐助を押えるしかあるめえな……」

雲海坊は、権藤と高木が佐助を押え、早川惣兵衛の居場所が知られるのを恐れた。

「ああ……」

幸吉は頷いた。

亀戸天神の大屋根は西日に輝いた。


「そいつは酷い殿さまですね」

弥平次は眉をひそめた。

「ああ。家来に見限られただけでも愚か者だと云うのに、上意討を命じるとは己を恥じる事を知らぬ救い難い痴れ者だぜ」

久蔵は、甲賀町の大野屋敷から柳橋の船宿『笹舟』にやって来た。

「で、如何致します」

弥平次は、久蔵の出方を窺った。

「大野政信に早川惣兵衛を討たせはしねえ」

久蔵は、不敵な笑みを浮べた。

「親分……」

幸吉がやって来た。

「幸吉か、入りな」

「御免なすって。これは秋山さま……」

幸吉は、久蔵に挨拶をした。

「御苦労だな」

「いいえ……」

「で、どうした」

弥平次は尋ねた。

「はい。大野家の家来の権藤と高木が、佐助が亀戸町に住んでいるのを突き止め、捜し始めました」

幸吉は、厳しい面持ちで報せた。

「見付けられるのに時は掛からないか……」

「ええ。それで佐助を押えようと思うんですが……」

「秋山さまはどう思われます」

「そいつは構わないが、佐助の身近に早川惣兵衛はいたのか……」

「はい。佐助の住む長屋の近くの寺にいるのを雲海坊が見付けました」

「見付けたか……」

「はい……」

幸吉は頷き、雲海坊から聞いた早野惣右衛門こと早川惣兵衛と由衣父娘の事を話した。

「よし。早川惣兵衛のいる高仙寺に案内して貰おう」

久蔵は立ち上がった。

上野の花見客は帰り始め、露店の物売りたちの店仕舞いの時がきた。

佐助は、売れ残った弥次郎兵衛や風車を風呂敷に包み、帰り仕度を始めた。

由松は見守った。

権藤、高木、梅造は現れなかった。

良かった……。

由松は、安堵の吐息を僅かに洩らした。

「由松さん……」

勇次が、駆け寄って来た。

「おう。勇次じゃあないか。どうした……」

「はい……」

勇次は、権藤と高木の探索が亀戸町に迫ったのを告げた。

「野郎……」

由松は、厳しさを浮べた。

佐助は、風呂敷包みを背負い、巻いた筵を抱えて浅草に向かった。

由松と勇次は追った。

大川から本所竪川に入って下り、旅所橋《たびしょばし》の架かる横十間川を進むと天神橋に出る。

久蔵、弥平次、幸吉を乗せた伝八の屋根船は、天神橋の船着場に船縁を寄せた。

「こっちです」

幸吉は、久蔵と弥平次を亀戸町の高仙寺に誘った。

高仙寺の境内では、幼い子供たちが楽しげに遊んでいた。

物陰にいた雲海坊は、久蔵、弥平次、幸吉が来るのに気が付いた。

「これは秋山さま……」

「雲海坊、家作にいる浪人の事を詳しく聞かせて貰おうか……」

「はい」

雲海坊は頷いた。

「じゃあ親分、あっしは佐助の住んでいる長屋を見張ります」

「ああ。もし、権藤や高木が現れても決して無理するんじゃあない。良いな」

弥平次は釘を刺した。

「はい。じゃあ御免なすって……」

幸吉は頷き、駆け去った。


佐助は夕陽を背に受け、影を長く伸ばして新寺町を浅草に進んだ。

由松と勇次は、佐助の周辺を警戒しながら追った。


亀戸町の裏通りの古い長屋は、夕食を作るおかみさんたちで賑わっていた。

幸吉は、古い長屋の木戸に梅造が潜んでいるのに気付いた。

梅造、権藤、高木は、佐助の住む長屋を突き止めたのだ。

幸吉は、権藤と高木が、長屋の近くで佐助が戻るのを待っていると睨み、裏通りを見廻した。

裏通りには、蕎麦屋と一膳飯屋があった。

権藤と高木は、その蕎麦屋か一膳飯屋のどちらかにいる。

幸吉は、蕎麦屋と一膳飯屋を探った。

権藤と高木は、長屋により近い蕎麦屋で二人の浪人と酒を飲んでいた。

浪人を金で助っ人に雇いやがった……。

幸吉は睨んだ。

好き勝手な真似はさせねえ……。

幸吉は、懐の十手を握り締めた。

「梅造の野郎……」

高仙寺の古い家作は、夕陽に照らされていた。

年老いた浪人は、座敷に敷かれた蒲団に半身を起こし、本堂の屋根の向こうに沈む夕陽を眺めていた。

「お父上さま、洗濯物を取り込んだら雨戸を閉めますからね」

娘の由衣が、庭に廻って来て洗濯物を取り込み始めた。

「由衣……」

「何ですか……」

「お客人のようだ……」

「えっ……」

由衣は、洗濯物を抱えて父親の視線の先を追った。

久蔵が、本堂の脇に佇んでいた。

「あっ……」

由衣は、厳しい面持ちで身構えた。

「由衣……」

父親は、抗いは無駄だと首を横に振った。

「どちらさまにございますか……」

由衣は、緊張に嗄れた声を震わせた。

「私は南町奉行所吟味方与力の秋山久蔵。早川惣兵衛さんですな」

久蔵は、微笑み掛けた。

何の企ても感じさせない穏やかな微笑みだった。

「如何にも左様です……」

早川惣兵衛は頷いた。

「お、お父上さま……」

由衣は、父親が本名を認めたのに少なからず焦った。

「心配無用だ。秋山さん、娘の由衣です」

早川は、由衣を落ち着かせて久蔵に引き合わせた。

久蔵は、由衣に目礼した。

「由衣、秋山さんに茶をな。それから私に温かい薬湯を頼む」

「はい……」

由衣は、洗濯物を抱えて勝手口に入って行った。

「お掛けになるが宜しい」

早川は、縁側を示した。

「忝ない……」

久蔵は、縁側に腰掛けた。

「して、早川惣兵衛に何用ですかな……」

「訊きたい事が幾つかありましてね」

「さあて、何ですかな……」

「早川さんは、一年前迄は旗本大野家の御家中だったが、主の大野政信の愚かさを罵倒して見限り、暇を取ったと云うのはまことですか……」

「如何にも……」

早川は頷いた。

「では、大野政信が愚かな痴れ者振りを発揮し、早川さんを上意討にしようとしているのも御存知ですな」

「はい……」

早川は苦笑した。

由衣が、湯気を漂わせる茶と薬湯を持って来た。

「どうぞ……」

「忝ない……」

久蔵は茶を飲み、早川は薬湯をすすった。

「今、大野の家来の権藤と高木と申す者が佐助なる者を押え、早川さんの居場所を突き止めようとしている」

「そうですか……」

早川は、表情を隠すかのように薬湯をすすった。

「佐助とはどのような拘わりですか……」

久蔵は尋ねた。

「子供の頃からの奉公人です……」

佐助は、早川家の奉公人だった。

「奉公人……」

「ええ。孤児で盛り場を彷徨《うろつ》いていたのを引き取りましてね……」

早川は、昔を思い出すように眼を細めた。

「ならば、佐助の柔術は……」

「私が仕込みました……」

早川は頷いた。

「秋山さま、まさか佐助が……」

由衣は、顔色を変えた。

「佐助は無事だよ」

「無事……」

由衣は安堵を浮べた。

「だが、権藤と高木が早川さんの居所を突き止めようと、佐助を狙っているのは確かだ」

「そんな……」

「佐助は今も狙われている……」

久蔵は告げた。

由衣は言葉を失った。

「案ずるな由衣。私が出て行けば済む事だ」

早川は、小さな笑みを浮べた。

「お父上さま……」

「秋山さん、私は胃の腑の重い病でしてな。己の始末は己で付けて逝きますよ」

早川は、屈託なく笑った。

「早川さん……」

久蔵は、早川惣兵衛の覚悟を知った。

## 四

日は暮れた。

古い長屋はおかみさんたちの飯の仕度も終わり、静けさを取り戻していた。

佐助は、風呂敷包みを背負い、丸めた筵を抱えて古い長屋に帰って来た。

木戸の陰にいた梅造は、蕎麦屋にいる権藤や高木に報せに走った。

幸吉は、佐助を追って来た由松や勇次と共に見送った。

「どうします、幸吉の兄貴……」

由松は、明かりの灯された佐助の家を見詰めた。

「勇次、高仙寺にいる秋山さまと親分に報せてくれ」

「承知……」

勇次は、高仙寺に走った。

「由松、取り敢えずは二人で何とかするしかないようだぜ」

幸吉は笑った。

「どうやらそんな具合ですね……」

由松は苦笑し、手拭を広げて拳大の石を包んだ。

梅造が、権藤や高木、二人の浪人と裏通りを来るのが見えた。

「来ましたぜ」

由松は、石を包んだ手拭を握り締めた。

「よし。先ずは奴らの出方を見定めるぜ」

「承知……」

由松は頷いた。

幸吉は、懐から十手を出した。

梅造、権藤、高木は、二人の浪人を伴って古い長屋の佐助の家に向かった。

幸吉と由松は、息を殺して見守った。

梅造は、腰高障子を静かに叩いた。

「誰だい……」

家の中から佐助の返事がした。

「へい。早川さまの使いの者にございます」

梅造は囁いた。

腰高障子に映った佐助の影が、心張棒を外して開けた。

刹那、二人の浪人が佐助を押さえ付けて刀を突き付けた。

佐助は、顔を歪めて凍《い》て付いた。

「佐助、大人しく一緒に来て貰おう」

権藤は、狡猾《こうかつ》な笑みを浮べた。

「こっちだ……」

高木は、二人の浪人を促した。

二人の浪人は、佐助を押えて高木と木戸に向かった。

権藤と梅造は、他の家の様子を窺いながら続いた。

幸吉と由松は追った。


横十間川の流れは緩やかだった。

二人の浪人は、天神橋の袂の草むらに佐助を突き飛ばした。

佐助は、倒れそうになりながらも懸命に体勢を立て直そうとした。だが、二人の浪人は、佐助に襲い掛かってそれを許さなかった。

佐助は、早川に子供の頃から仕込まれた柔術をつかう間もなく激しく殴られ、蹴られた。

権藤、高木、梅造は、薄笑いを浮べて見守った。

二人の浪人に容赦はなかった。

佐助は、頭を抱えて身を縮め、二人の浪人の攻撃を必死に堪《た》えた。

「よし。もう良いだろう」

権藤は、二人の浪人を止め、鼻や口元から血を流している佐助の胸倉を鷲摑みにした。

「佐助、早川惣兵衛は何処に隠れている」

「知らねえ……」

佐助は、権藤を睨み付けた。

次の瞬間、権藤は佐助の顔を張り飛ばした。

佐助は、草むらに叩き付けられた。

「佐助、死にたくなければ早川惣兵衛の居場所を吐け……」

高木は、倒れている佐助に刀を突き付けた。

「殺せ……」

佐助は、権藤と高木を蔑むような笑みを浮べて云い放った。

「おのれ下郎……」

高木は熱り立ち、刀を振り翳した。
刹那、鉤縄《かぎなわ》が飛来して高木の刀を振り翳した腕に絡みついた。
高木、権藤、梅造、二人の浪人は驚いた。
幸吉が暗がりから現れ、鉤縄を強く引いた。
高木は、引き摺られて激しくよろめいた。
暗がりから飛び出した由松が、よろめいた高木の顔を手拭に包んだ石で殴った。
高木は、鼻血を飛ばして昏倒した。
権藤、梅造、二人の浪人は驚いた。
「神妙にしやがれ、人殺し」
幸吉は、十手を構えて怒鳴った。
「お、おのれ……」
権藤は、怒りに震えた。
二人の浪人は刀を抜き、幸吉と由松に猛然と迫った。
「待ちな、人殺し」
久蔵が闇から現れた。
二人の浪人は怯んだ。

「お前たちの相手は俺がするぜ」

久蔵は、幸吉と由松に目配せした。

幸吉と由松は、佐助を押えている権藤と梅造に向かった。

権藤と梅造は、刀と匕首を抜いて身構えた。

二人の浪人は、久蔵に斬り掛かった。

久蔵は、僅かに身を沈めて抜き打ちの一刀を放った。

浪人の一人が、太股から血を飛ばして横倒しになった。

心形刀流《しんぎょうとうりゅう》の鮮やかな一刀だった。

残る浪人は怯み、慌てて後退《あとずさ》りした。

久蔵は迫った。

幸吉と由松は、権藤や梅造と渡り合った。

暗がりから雲海坊と勇次が現れ、幸吉と由松に加勢した。そして、弥平次が倒れている佐助に駆け寄った。

権藤と梅造は、久蔵と弥平次たちの出現に激しく狼狽えた。

残る浪人は、久蔵によって天神橋の欄干に追い詰められた。

「これ迄だな……」

久蔵は、冷笑を浮べて刀を横薙《よこな》ぎに一閃《いっせん》した。

残る浪人は、欄干を背にして大きく仰け反って躱した。そして、そのまま欄干を越して横十間川に転落した。

水飛沫《みずしぶき》が大きく跳ね上がり、月明かりに煌めいた。

久蔵は苦笑した。

幸吉と由松は権藤に立ち向かい、雲海坊と勇次は梅造と闘った。

権藤と梅造は、幸吉、雲海坊、由松、勇次の波状攻撃に息を大きく乱した。

「さあて、いい加減、神妙にするんだな」

久蔵は、権藤と梅造に笑い掛けた。

「お、おのれ何者だ」

権藤は、喉を引き攣らせて声を嗄らした。

「俺かい、俺は南町の秋山久蔵って者だぜ」

久蔵は告げた。

「剃刀《かみそり》久蔵……」

梅造は、久蔵の名を知っていたらしく激しく震え、匕首を投げ棄てた。

雲海坊と勇次は、梅造を押さえ込んで素早く捕り縄を打った。

「梅造……」

権藤は、戸惑い焦った。

「煩せえ。手前もさっさとお縄を受けな」

久蔵は、無造作に刀を一閃した。

権藤は腕を斬られ、血を滴《したた》らせて刀を落とした。

幸吉、雲海坊、由松、勇次が、権藤に殺到して捕り縄を打とうとした。

「は、離せ。俺は旗本大野家家中の者、町方に咎《とが》められる謂れはない」

権藤は、必死に抗って喚《わめ》いた。

「馬鹿野郎……」

久蔵は、喚く権藤の頬に鋭い平手打ちを加えた。

「町方の者一人を大勢で痛め付けて殺そうとしたんだ。何様だろうが只で済む筈はねえ」

久蔵は一喝した。

横十間川に映る月影が揺れた。

大野屋敷は表門を閉じていた。

久蔵は、大野屋敷を訪れて主の政信に面会を求めた。

「御貴殿は確か御家人の……」

番士は眉をひそめた。

「秋山久蔵……」

「して、その秋山さまが我が殿にどのような御用にございますか……」

「権藤と高木と申す者共、町方の者に乱暴狼藉《ろうぜき》を働き、殺そうとした罪でお縄にして大番屋に入れた処、自分たちはこちらの御家中の者であり、殿の大野政信さまの命でした事だと言い出しましてね……」

久蔵は、番士を見据えて告げた。

「あ、秋山さまは……」

番士は戸惑った。

「南町奉行所吟味方与力……」

久蔵は、己の身分を告げた。

「わ、分かりました。暫くお待ち下さい」

番士は、緊張を滲ませて屋敷内に走った。

久蔵は、僅かな時を待たされて屋敷内に通された。

大野屋敷には、言い知れぬ緊張感が張り詰めていた。

久蔵は書院に通された。

書院には、丸い小さな眼をした小肥りの中年男がいた。

「南町奉行所吟味方与力の秋山久蔵どのですか。ささ、こちらにどうぞ……」

小肥りの中年男は、妙に親しげな笑みを浮べて座を勧めた。

「御免……」

久蔵は座り、小肥りの中年男を見詰めた。

狸《たぬき》……。

久蔵は、小肥りの中年男が狸に似ているのに気が付いた。

「御貴殿は……」

久蔵は、狸面の中年男を見詰めた。

「申し遅れました。拙者、当大野家用人の前島主水《まえじまもんど》と申します」

狸面の中年男は、大野家用人の前島主水だった。

「用人の前島主水どのか……」

久蔵は、書院の次の間に人の気配を感じた。

大野政信と家来たちが詰めている……。

久蔵は気付いた。

「して秋山どの、町方の者を殺そうと企ててお縄になった者共が、当家家中の者だと申しているとか……」

前島は、狡猾さを秘めた眼を向けた。

「左様。権藤と高木なる者だが、心当たりはおありですな」

「如何にも。しかし秋山どの、その権藤と高木なる者、余りの行状の悪さに、既に我が殿が家中から追放致しましてな。今では当家と何の拘わりもない者共……」

前島は、狸面を微かに綻ばせた。

大野政信と前島は、累《るい》が大野家に及ぶのを恐れ、先手を打って権藤と高木を追放した。

「ならば権藤と高木、既に浪人ですか……」

「左様、当家とは何の拘わりもない浪人にございます」

前島は、久蔵を出し抜いたつもりなのか得意気な面持ちで頷いた。

「それはそれは流石ですな」

久蔵は、楽しげに笑った。

「あ、秋山どの……」

前島は、微かな不安が過ぎるのを覚えた。

「いえ。御当家御家中の方々なら、我ら町奉行所は支配違い、身柄を早々にお引き渡し致さねばなりませぬ。だが、既に大野家を追放された浪人ならば、我ら町奉行所の支配。心置きなく厳しい詮議が出来ると云うものでしてな。さあて、どんな話が出て来るか……」

久蔵は、前島の腹の底を見透かすように笑った。

前島は、背筋に寒気が衝き上がるのを感じた。

上意討が知れれば、主の大野政信の行状が天下に洩れる……。

「そして、痴れ者の愚かな行状が、天下に知れ渡れば、お目付や評定所《ひょうじょうしょ》も黙って眼《つむ》を瞑《つむ》ってはいられぬ筈……」

久蔵は、前島を見据えて笑った。

次の間の人の気配が揺れた。

「下手な小細工は命取り。お家の為にならねえな……」

久蔵は、不敵な笑みを浮べて云い放った。

前島は、狸面を強張らせて震えた。

「いや。御造作をお掛け致した。権藤と高木なる者が、御当家を追放された浪人と分かれば最早容赦は……」

次の間の襖が勢い良く開けられた。

久蔵は、次の間を見た。

痩せた着流しの武士が、次の間から入って来た。

主の大野政信……。

久蔵は苦笑した。

「殿……」

前島は平伏した。

「秋山とやら、事を治めるには如何致したら良いのだ」

大野は、久蔵を睨み付けた。

「早川惣兵衛どの上意討の命、取り下げるしかありますまい」

「なに……」

大野は怒りを浮べた。

「さもなければ、大野家は目付や評定所の詮議の的となり、公儀による取り潰しの恰好《かっこう》の獲物……」

公儀は、先祖代々の高禄に安住しているだけで役に立たない旗本を容赦なく取り潰していた。その為には、どんな些細な事でも因縁を付ける弱味にする。

「と、殿……」

前島は、主の大野政信に縋る眼差しを向けた。前島たち家来にしても、主家の取り潰しは己の人生に拘わる事なのだ。

「黙れ、前島。分かった。早川惣兵衛の上意討、取り下げる」

大野は、苛立たしげに怒鳴った。

「ならばその約定《やくじょう》、誓紙に認《したた》めて戴きたい」

久蔵は、大野を厳しく見据えた。

「誓紙だと……」

大野は、怒りを突き抜けたのか唖然《あぜん》とした。

「左様。早川惣兵衛の上意討を取り下げると、さらさらと一筆。さすれば、何事も穏便に始末出来るかと……」

久蔵は、大野に屈託なく笑い掛けた。

旗本の大野政信は、早川惣兵衛の上意討を撤回すると誓紙を書いた。

久蔵は、誓紙を懐にして甲賀町の大野屋敷を後にした。

幽霊坂には桜の花片が舞っていた。

桜も満開か……。

久蔵は、風に舞う桜の花片を見上げた。


早川惣兵衛は、上意討の討手から隠れ暮らす状態から解放され、久蔵に深く感謝した。

最早、佐助は早川の許に秘かに行く事はない。しかし、早川の胃の腑の病は酷く、その命は残り少なかった。

早川は、残り少ない命の自由を楽しんだ。

由衣と佐助は、早川の死を看取って姿を消した。

久蔵は、大助の弥次郎兵衛を見る度に佐助と早川惣兵衛由衣父娘を思い出した。

今年の桜の花は散った……。

# 第四話 巻添え

# 一

卯月《うづき》——四月。

三月の桜の花に続き、牡丹、藤、杜若《かきつばた》などが咲き誇る花の季節である。

牡丹は、深川永代寺や谷中の天王寺《てんのうじ》。藤は、亀戸天神は云うに及ばず、根岸の円光寺や小石川の伝明寺《でんみょうじ》が名所とされていた。

岡っ引の神明《しんめい》の平七《へいしち》は、南町奉行所の臨時廻り同心の蛭子《えびす》市兵衛《いちべえ》を訪れた。

平七は、神明の名が示すように三縁山増上寺《さんえんざんぞうじょうじ》前の飯倉神明《いいくらしんめい》門前町で茶店を営む岡っ引だった。

蛭子市兵衛は、神明の平七の話を聞いた。そして、平七を伴って吟味方与力の秋山久蔵の用部屋に急いだ。

「おう。平七、久し振りだな」

久蔵は、平七に親しげな声を掛けた。

「御無沙汰をして申し訳ありません」

「なあに、逢う事が少ねえってのは、面倒も少ねえって事だ。結構じゃあねえか……」

「はい。畏れいります」

「で、どうした市兵衛……」

「はい。平七……」

市兵衛は、平七を促した。

「はい。先程、増上寺裏の赤羽橋《あかばねばし》で大目付の朝比奈《あさひな》将監《しょうげん》さまが二人の侍に襲われました」

平七は報せた。

「大目付の朝比奈将監さま……」

久蔵は眉をひそめた。

「はい」

「で……」

久蔵は話を促した。

「斬り合いは僅かな時で終わり、襲った二人の侍は逃げたそうですが、駕籠に乗っていた朝比奈さまは浅手、二人の家来衆が大怪我をされたとか……」

「死人が出なくて何よりだな」

「それが秋山さま。行き遭わせた町方の者が一人、斬り合いに巻き込まれて死にました」

平七は、悔しげに告げた。

「何だと……」

久蔵は、厳しさを露わにした。

「御武家同士の斬り合い、岡っ引の出る幕はありませんが、巻添えになって死んだのは町方の大工。そして、場所は天下の往来……」

平七は、声を微かに震わせた。

「秋山さま。今のままでは巻添えで斬られた町方の大工の死は有耶無耶《うやむや》。平七は、大工を斬った者を突き止め、御仕置出来ないかと申しております」

市兵衛は口添えした。

「此のままでは、斬られて死んだ大工は余りにも惨め。只の死に損になります」

平七は訴えた。

「斬られた者が町方の者であり、場所が武家地や寺社方の支配でなく町方の地なれば、俺たち町奉行所も黙っていられねえか……」

「ま、そうですね……」

市兵衛は頷いた。

「よし。市兵衛、先ずは大目付の朝比奈将監さまを襲った者共の素性と、襲撃の顚末がどうなったか、ちょいと調べるんだな」

久蔵は命じた。

「心得ました」

市兵衛は頷いた。

「秋山さま、忝のうございます」

平七は平伏した。

「礼には及ばねえ。平七、巻添えで死んだ大工、家は何処だ」

「赤羽橋を渡った先の三田《みた》一丁目です」

「よし。案内してくれ」

久蔵は、刀を手にして立ち上がった。

赤羽橋は、三縁山増上寺の南に流れる金杉川《かなすぎがわ》に架かっていた。

因《ちな》みに金杉川は新堀川とも云い、古川の末である。

久蔵は、赤羽橋の上に佇んで辺りを見廻した。

橋の床板や欄干は、町役人たちによって既に清められており、斬り合いの痕跡は僅かな刀傷しかなかった。

「大目付の朝比奈さまの屋敷は何処だ……」

久蔵は、赤羽橋の南詰にある筑後国久留米藩江戸上屋敷を眺めながら平七に訊いた。

「綱坂《つなざか》の先の三田寺町《てらまち》だと聞いております」

綱坂とは、平安の武人 源 頼光《みなもとのよりみつ》の四天王の一人である渡辺綱《わたなべのつな》が生まれた地との伝説からそう呼ばれており、久留米藩江戸上屋敷の南側にあった。

「ならば、屋敷から赤羽橋を渡って何処かに行く途中だったのかな」

「きっと……」

平七は頷いた。

「よし。巻添えになった人工の家に行ってみよう」

「はい」

久蔵は、平七と共に久留米藩江戸上屋敷の表門の前を抜けて三田一丁目に向かった。

三田一丁目の裏通りの長屋には、坊主の読経が朗々と響いていた。

久蔵と平七は、長屋の木戸を潜った。

一軒の家の前に長屋の者たちが集まり、手を合わせていた。

「親分、秋山さま……」

下っ引の庄太《しょうた》が、駆け寄って来た。

「おう。暫くだな庄太……」

「御無沙汰しております。秋山さま」

庄太は、久蔵に深々と頭を下げた。

「達者で何よりだ」

「畏れいります」

「で、弔《とむら》いか……」

久蔵は、読経の流れて来る家を示した。

「はい。長屋の大家さんや大工の棟梁《とうりょう》たちの仕切りで……」

読経が終わった。

出棺の時だ。

坊主を先頭にして、棺桶を担いだ大工仲間と棟梁。そして、若い身重の女房と幼い女の子が、大家やおかみさんたちに付き添われて出て来た。

「巻添えで亡くなった大工の粂吉《くめきち》の女房のおはるさんと子供です」

庄太は告げた。

おはるは、泣きながら幼い娘の手を引いていた。幼い娘に父親の死の実感はなく、弔いに集まった人たちに笑顔で手を振った。その無邪気さは、集まった人々の涙を誘わずにはいなかった。

久蔵は、眼の前を通って行く棺桶に手を合わせた。

平七と庄太は、久蔵に倣《なら》った。

粂吉の幼い娘は、久蔵に小さな手を振って無邪気な笑顔で出て行った。

久蔵は、粂吉の幼い娘が大助と同じ年頃なのを知った。

弔いの一行は長屋を出て行った。

久蔵は、厳しい面持ちで見送った。

「秋山さま……」

平七は、久蔵を窺った。

「平七、粂吉に死に損はさせねえ。巻添えの落とし前、必ず付けてやるぜ」

久蔵は、怒りを滲ませて云い放った。

三田寺町の往来の東側には寺の山門が並び、西側には旗本屋敷が甍を連ねていた。

大目付の朝比奈将監の屋敷は、その甍の連なりの中にあった。

久蔵は、平七と庄太を伴って朝比奈屋敷の前に佇んだ。

朝比奈屋敷は表門を閉め、緊張感に満ち溢れていた。

主一行が襲われて怪我人が出た限り、警戒するのは当然だ。

久蔵は、嘲りを浮べた。

朝比奈屋敷表門脇の潜り戸が開き、数人の家来が駆け出して来て久蔵、平七、庄太を取り囲んだ。

屋敷内から表を見張っていた家来が、久蔵たちを不審な者共と見咎めたのだ。

「当家に何か用か……」

頭分の家来は、久蔵に険しい視線を向けた。

「赤羽橋での騒ぎを聞いてな。襲われた者がどうしているのか見物に来た」

久蔵は苦笑した。

「おのれ……」

頭分の家来は熱り立った。

「で、殿さまと斬られた家来の傷の具合はどうなんだい」

「おのれらに心配される事ではない」

頭分の家来は怒鳴り、他の者たちは身構えた。

「まあ、良い。処で朝比奈さまを襲ったのが何処の誰か分かっているのかい」

久蔵は、笑顔で尋ねた。

「そ、それは……」

頭分の家来は、躊躇いを過ぎらせた。

「朝比奈さまのお役目は、大名を監察する大目付。その辺で恨みを買っているなら、襲った者は大名家の家来とみるが、どうかな」

「黙れ。万が一、我が殿が恨みを買っているとしても、それは痴れ者の逆恨みに過ぎぬ」

頭分の家来は、微かな焦りを滲ませた。

「逆恨みでも恨みは恨み。朝比奈さまが何《いず》れかの大名の恨みを買っているのは間違いあるまい」

久蔵は決め付けた。

「おのれ、無礼な……」

家来たちは、刀の柄《つか》を握り締めた。

「どうやら、襲った者どもに心当たりはあるようだな」

久蔵は、身構えた家来たちに構わず告げた。

頭分の家来は狼狽えた。

「そいつは、何処の大名の家来だい……」

「黙れ……」

頭分の家来は、久蔵に抜き打ちの一刀を放った。

刹那、久蔵は刀を閃《ひらめ》かせた。

閃光《せんこう》が走り、刀が甲高い金属音を鳴らして宙に飛んだ。

頭分の家来は、宙に飛んだ己の刀を呆然《ぼうぜん》と見詰めた。

宙を飛んだ刀は道端に落ち、軽い音を立てて転がった。

久蔵は、刀を鞘《さや》に納めて笑った。

家来たちは、久蔵の鮮やかな手練《てだれ》に言葉を失った。

「朝比奈さま、何処の大名に恨みを買っているんだい」

「知らぬ。我らは何も知らぬ」

頭分の家来は、悲鳴のように叫んだ。

潮時だ……。

「赤羽橋の一件では、何の罪もねえ大工が巻添えになって命を落とした。そいつを忘れるなと、朝比奈さまに伝えるんだな」

久蔵は、そう云い残して踵《きびす》を返した。

平七と庄太は続いた。

朝比奈家の家来たちは、立ち尽くして見送るしかなかった。

御曲輪内《おくるわうち》に風が吹き抜け、道三堀《どうさんぼり》には小波《さざなみ》が走った。

蛭子市兵衛は、辰ノ口評定所の門前で評定所書役《かきやく》の牧田《まきた》清五郎《せいごろう》が出て来るのを待った。

評定所は幕府最高の裁判所であり、国家の大事件、寺社・町・勘定の各奉行の管轄が互に拘わる重要な件を取り扱った。

陪席する者は、寺社・町・勘定の各奉行の他に目付や大目付、事件によっては老中も加わった。

大目付の朝比奈将監が、役目によっての事柄で襲撃されたとなると、相手は大名家に拘わりのある者だと思われる。そして、朝比奈は評定の席で相手の大名の事を語っているかもしれない。

市兵衛は睨み、評定所を訪れて知り合いの牧田清五郎を呼び出した。

牧田清五郎は、辺りを窺いながら評定所から出て来た。

「こっちだ牧田さん……」

市兵衛は呼んだ。

牧田は、驚いたような顔をして市兵衛の傍にやって来た。

「済まぬな。仕事中に呼び出して……」

「いえ……」

牧田は、言葉少なく返事をして怯えたように辺りを見廻した。

巻羽織の町奉行所同心と一緒なのを見られるのは、何かと噂になって拙いのかもしれない。

「構わなければ、御曲輪内を出るか……」

「ええ……」

牧田は頷いた。

市兵衛は、牧田を伴って道三河岸を呉服橋御門に向かった。

「大目付の朝比奈将監さま……」

牧田は、酒の満ちた猪口を持つ手を口元で止めた。

「うん。最近、大名と揉めているような話を聞いた事はないかな」

市兵衛は、牧田を呉服橋御門前の蕎麦屋に伴って酒を頼んだ。

「大名とですか……」

「そうだ……」

「あります」

牧田は云い、猪口の酒を美味そうに飲んだ。

「何処の大名だ」

「下総《しもうさ》国栗原藩二万石の堀川忠隆《ほりかわただたか》さまですよ」

牧田は、声を潜めて早口で告げた。

「下総国栗原藩の堀川忠隆さま……」

市兵衛は眉をひそめた。

「ええ……」

牧田は、手酌で酒を飲んだ。

「朝比奈さま、堀川さまをどう云っていたんだい……」

「藩主の忠隆さまは家臣に頼り切っている木偶《でく》の坊、家中の取締りも満足に出来ぬ虚《うつ》け者。早々に隠居させ、他の者に堀川家を継がせるか、さもなければ断絶が良かろうと……」

「評定に掛けていたのか……」

「いや。まだ根廻しって処です」

評定所書役の牧田は、座敷の隅で評定前の雑談を聞いていた。

「朝比奈さま、堀川忠隆さまに恨みでもあるのかな」

市兵衛は首を捻った。

「そいつは良く分かりませんが、朝比奈さま、堀川さまが城中で挨拶をしなかったと怒っていた事があったそうです」

「挨拶……」

市兵衛は、挨拶一つで揉める事に少なからず呆れた。

「ま、朝比奈さまと堀川さま、馬が合わないと云うか、どっちもどっち、目くそ鼻くそのお偉いさん。下々《しもじも》には分かりませんよ」

牧田は、徳利の酒の雫《しずく》を猪口に落とした。

「酒は一本だけだ」

市兵衛は、かつて町の飲み屋で泥酔して暴れた牧田を取り押さえ、公にせずに始末してやった。以来、牧田は市兵衛に借りが出来た。

「分かっていますよ」

牧田は、淋しげな面持ちで猪口の底の僅かな酒を音を立ててすすった。

市兵衛は苦笑した。


三田寺町の朝比奈屋敷の潜り戸が開き、二人の家来が出て来て綱坂に向かった。

物陰から平七と庄太が現れ、二人の家来を追った。

二人の家来は、綱坂から久留米藩江戸上屋敷の南側の道を通って赤羽橋を渡った。

平七と庄太は、二人の家来を慎重に尾行た。

赤羽橋を渡った二人の家来は、増上寺の裏手を抜けて愛宕下《あたごした》の大名小路に進んだ。

愛宕下の大名小路には、大小様々な大名家の江戸上屋敷があった。

朝比奈家の二人の家来は、大名小路の外れの佐久間小路に進んだ。

佐久間小路は、幾つかの大名家江戸上屋敷と町方の地の間にあった。

二人の家来は、或る大名家江戸上屋敷の前に佇んだ。

若い侍が、町方の地の路地から現れて二人の家来に駆け寄った。

「親分……」

庄太は眉をひそめた。

「ああ。若い侍、あの大名屋敷を見張っていたな」

「はい。って事は、今来た二人も……」

「あの大名屋敷を見張るんだろうな」

平七は読んだ。

「じゃあ……」

「うん。朝比奈さまを襲った侍共と拘わりがあるのかもな。よし、何処の大名の屋敷か聞き込んで来る。奴らの見張りを頼むぜ」

「合点です」

庄太は頷いた。

平七は、町方の地にある一膳飯屋に向かった。


「下総国栗原藩の江戸上屋敷……」

「ああ。殿さまは堀川忠隆さまって若い方でね。二万石のちっぽけな大名だよ」

一膳飯屋の亭主は、斜向かいに見える大名屋敷を示した。

朝比奈家の家来たちは、下総国栗原藩江戸上屋敷を見張っていた。

大目付朝比奈将監を襲ったのは、栗原藩の家来たちなのか……。

平七は緊張した。

## 二

下総国栗原藩二万石堀川忠隆……。

「へえ。朝比奈の家来、栗原藩の江戸上屋敷を見張っているか……」

久蔵は、小さな笑みを浮べた。

「はい……」

平七は頷いた。

「大目付の朝比奈将監と栗原藩の殿さまの堀川忠隆、何か拘わりがあるのかな……」

久蔵は、想いを巡らせた。

「秋山さま……」

蛭子市兵衛が、久蔵の用部屋にやって来た。

「御苦労さまにございます、市兵衛の旦那」

「おう。平七、来ていたか……」

「はい」

「お邪魔します」

市兵衛は、久蔵の前に座った。

「何か分かったか……」

「ええ。朝比奈さまがいろいろ言い立てていた大名が……」

「ひょっとしたら、下総国は栗原藩の堀川忠隆かな……」

久蔵は睨んだ。

「仰る通りですが……」

市兵衛は頷き、戸惑いの眼を久蔵に向けた。

「平七が、朝比奈の家来が栗原藩の江戸上屋敷を見張っているのを突き止めてな」

久蔵は告げた。

「そうでしたか……」

市兵衛は頷いた。

「で、朝比奈と堀川忠隆の間には、何があるんだい」

久蔵は訊いた。

「そいつが挨拶から始まっているようでしてね……」

市兵衛は苦笑した。

「挨拶だと……」

久蔵と平七は戸惑った。

「ええ……」

市兵衛は、朝比奈と堀川忠隆の確執を話して聞かせた。

「じゃあ、堀川忠隆は朝比奈が己を誹《そし》り、隠居させようとしているのを知り、討手を放ったのかもしれねえってのかい」

久蔵は呆れた。

「はい……」

市兵衛は頷いた。

「市兵衛の旦那、そんな事ぐらいで人を殺そうとしますかね」

平七は、遠慮がちに尋ねた。

「私もそう思うが、何しろ相手は偉い殿さまだからな」

市兵衛は苦笑した。

「もしそうだとしたら、巻添えで死んだ大工の粂吉は尚更、浮かばれねえな」

久蔵は、怒りを滲ませた。

「ええ。ま、今の処はそいつを何とか見定めるしかありませんね」

「うむ。朝比奈屋敷と栗原藩江戸上屋敷。平七、見張るにしては手が足りねえな」

「はい……」

平七は、眉を曇らせた。

「柳橋の手を借りるか……」

「はい。そうして戴けりゃあ助かります」

平七は、柳橋の弥平次とも親しく、今迄に何度も一緒に捕物をしていた。

「よし。平七、お前は栗原藩江戸上屋敷を見張り、朝比奈を襲った二人の侍ってのを突き止めるんだ」

久蔵は命じた。

沈む夕陽は、南町奉行所の用部屋の障子を赤く染めた。


その夜、久蔵は柳橋の船宿『笹舟』を訪れ、弥平次に事の次第を話して助っ人を頼んだ。

弥平次は、巻添えになって死んだ大工の粂吉に同情した。そして、幸吉と由松を助っ人にする事にした。


翌日、久蔵は助っ人に来た幸吉と由松に三田寺町の朝比奈屋敷を見張らせた。

幸吉と由松は、朝比奈屋敷の向かい側にある大宝寺《たいほうじ》の寺男に金を握らせて見張り場所を作った。そして、大宝寺の寺男の伝手を頼って朝比奈屋敷の下男に近付いた。

朝比奈家の家来たちは、栗原藩江戸上屋敷を見張り続けた。

平七と庄太は、斜向かいの一膳飯屋の亭主に金を握らせて屋根裏部屋を借り、見張り場所にしていた。

栗原藩江戸上屋敷から、二人の家来が出て来て佐久間小路を西に向かった。

朝比奈家の三人の家来が物陰から現れ、栗原藩の二人の家来を追った。

「親分……」

庄太は眉をひそめた。

「追うぜ」

平七と庄太は、一膳飯屋の屋根裏部屋を出た。

栗原藩の二人の家来は、佐久間小路から藪小路《やぶこうじ》に抜けて尚も進んだ。

朝比奈家の三人の家来は尾行た。

平七と庄太は、慎重に追った。

藪小路は、肥前国佐賀藩江戸中屋敷に突き当たる。

栗原藩の二人の家来は、佐賀藩江戸中屋敷の北側、葵坂《あおいざか》に進んだ。

葵坂の先は溜池《ためいけ》になり、馬場があった。

朝比奈家の三人の家来は、葵坂を行く栗原藩の二人の家来を尾行た。

「栗原藩の家来、何処に行くんですかね」

庄太は首を捻った。

「うん……」

平七は、緊張を滲ませた。

次の瞬間、栗原藩の二人の家来は走った。

朝比奈家の三人の家来は驚き、慌てて追った。

平七と庄太は駆け出した。

栗原藩の二人の家来は、溜池の馬場に走り込んで土手の陰に入った。

朝比奈家の三人の家来は、追って馬場に駆け込んだ。

刹那、栗原藩の二人の家来が土手の陰から現れ、朝比奈家の三人の家来に猛然と斬り掛かった。

朝比奈家の家来の一人が、刀を抜く間もなく肩から血を飛ばして倒れ、意識を失った。

栗原藩の二人の家来は、朝比奈家の残る二人の家来に襲い掛かった。

朝比奈家の二人の家来は、狼狽えながらも刀を抜いて斬り結んだ。だが、栗原藩の二人の家来の敵ではなかった。

栗原藩の二人の家来は、容赦なく斬り立てた。朝比奈家の家来は、追い詰められた。

「恨むなら、我が殿を誹る愚かな主を恨め」

栗原藩の家来の一人が、酷薄な冷笑を浮べて刀を袈裟懸けに閃かせた。

朝比奈家の家来の一人が、胸元から血を飛ばして大きく仰け反り倒れた。

残る栗原藩の家来は、残る朝比奈家の家来を真っ向から斬り下げた。

残る朝比奈家の家来は、額から血を流して前のめりに顔から倒れ込んだ。

栗原藩の二人の家来は、血に濡れた刀に拭《ぬぐ》いを掛け、倒れている朝比奈家の三人の家来に嘲笑を浴びせて馬場から立ち去った。

平七と庄太は、斬られて倒れている朝比奈家の三人の家来に駆け寄った。

三人の家来の内、袈裟懸けと真っ向から斬り下げられた二人は絶命していた。

そして、最初に肩を斬られた家来は、意識を失いながらも微かに息をしていた。

「庄太、医者に担ぎ込むぜ」

「はい……」

平七と庄太は、肩を斬られた家来を医者に担ぎ込んだ。

久蔵は、駆け付けた庄太と共に佐久間小路備前町《びぜんちょう》の町医者宗方道庵《むなかたどうあん》の家に入った。

「秋山さま……」

平七が、意識を失っている家来の傍にいた。

「どんな具合だ……」

「道庵先生の見立では、かなりの深手で危ないと……」

平七は眉をひそめた。

「名前、分かったのか……」

久蔵は、肩の傷の手当てを受けて眠っている家来を一瞥した。

「傷の手当ての途中、ちょいと気を取り戻しましてね。道庵先生が聞いた処、菅《すが》原真一郎《わらしんいちろう》だと……」

「菅原真一郎か……」

「はい。で、すぐ又、気を失いましてね」

「そうか。で、斬られた残る二人はどうした」

久蔵は尋ねた。

「傍にある佐賀藩の江戸中屋敷にそれとなく報せましたから、もう朝比奈屋敷に引き取られたかもしれません」

岡っ引は、武士同士の斬り合いに首を突っ込む事は出来ない。

平七は、只の通り掛かりの者として報せるだけにした。

「菅原真一郎の事は報せたのか……」

「いいえ。聞きたい事を訊いてからと思いましてね」

平七は、厳しい面持ちで告げた。

菅原が道庵の許で手当てされていると知れば、朝比奈家は直ぐに引き取りに来て聞きたい事も訊けなくなる。

平七は、それを恐れて菅原真一郎の事は報せなかった。

「上出来だぜ……」

久蔵は、小さな笑みを浮べた。

「畏れいります」

平七は苦笑した。

菅原真一郎が微かに呻《うめ》いた。

「菅原、しっかりしろ……」

久蔵は、菅原に声を掛けた。

菅原は呻き、意識を取り戻した。

「庄太、道庵先生を……」

久蔵は命じた。

「はい……」

庄太は、道庵を呼びに行った。

久蔵は訊いた。

「菅原、お前たちを斬ったのは、栗原藩の何て家来だ」

「ご、郷田平九郎《ごうだへいくろう》……」

菅原は、嗄れた声で微かに告げた。

「もう一人は……」

久蔵は畳み掛けた。

「今井孝之助《いまいこうのすけ》……」

郷田平九郎と今井孝之助……。

「赤羽橋で襲ったのも、栗原藩の郷田と今井なんだな……」

「ふ、覆面をしていたが、おそらく……」

菅原は、苦しげに頷いた。

「気が付いたか……」

道庵が入って来て、菅原の様子を見始めた。

赤羽橋で朝比奈将監一行を襲ったのは、栗原藩家来の郷田平九郎と今井孝之助なのかもしれない。

だからと云って郷田と今井が、行き遭わせた大工の粂吉を斬ったとは限らない。

乱闘の中、朝比奈家の者が斬ったのかもしれないのだ。

大工の粂吉の死は、争いに巻き込まれた弾みでの事であり、誰が斬ったかは判然としないのが実情だ。それだけに、朝比奈将監と堀川忠隆は責めを逃れられない。

だが、襲撃の様子は出来るだけ正確に知っておく必要がある……。

久蔵は、菅原を診察する道庵を厳しい面持ちで見守った。

三田寺町の朝比奈屋敷は、佐賀藩江戸中屋敷からの報せを受けて騒然となった。

そして、二人の家来の斬殺死体を引き取った。

幸吉と由松は、向かいにある大宝寺の山門内から一部始終を見守った。

「御苦労だな」

久蔵がやって来た。

「こりゃあ秋山さま……」

幸吉と由松は、久蔵に挨拶をした。

「朝比奈家の奴ら、かなり熱り立っているようだな」

久蔵は、朝比奈屋敷を窺った。

「そりゃあもう、家来が二人も斬り殺されて一人が行方知れず。騒ぎにもなりますよ」

幸吉と由松は、大宝寺の寺男を使って朝比奈屋敷の下男から話を聞き出していた。

「行方知れずか……」

久蔵は、冷笑を浮べた。

「秋山さま、行方知れずの家来、どうなったのか御存知なんですか……」

幸吉は眉をひそめた。

「深手を負ったが、平七と庄太が医者に担ぎ込んでな。いろいろ聞き出せるかもしれねえから、朝比奈家には報せねえそうだ」

久蔵は笑った。

「流石は平七親分、抜かりはありませんね」

幸吉は感心した。

「ああ……」

「秋山さま。大目付の朝比奈さま、このまま引き下がりますかね」

由松は尋ねた。

「そいつはあるまい……」

「じゃあ、栗原藩を……」

由松は眉をひそめた。

「ああ。だが、今度の態《ざま》だ。これからどうする事やら……」

久蔵は苦笑した。

「ですが、家来を斬り殺したのが、栗原藩の者たちだと云う確かな証は摑んでいない筈です。確かな証がない限りは……」

幸吉は首を捻った。

「だが、栗原藩江戸上屋敷を見張っていて斬り殺されたんだ。朝比奈将監にとって確かな証があろうがなかろうが拘わりはない。今迄以上に栗原藩と殿さまの堀川忠隆を潰そうとするだろうな……」

久蔵は睨んだ。

「秋山さま、幸吉の兄貴……」

由松が、朝比奈屋敷を見詰めたまま久蔵と幸吉を呼んだ。

朝比奈屋敷から、数人の家来が駆け出して行った。

「幸吉、此処を頼む。由松、奴らが何をするか見届けるぜ」

「承知……」

久蔵は、幸吉を残して由松と共に家来たちを追った。

溜池の傍の馬場の周囲には、大名旗本屋敷が並んでいる。

近い町方の地は、栗原藩江戸上屋敷のある佐久間小路の傍だけだ。

朝比奈家の家来たちは、佐久間小路の傍の町方の地に散って町医者を捜し始めた。

「秋山さま、どうやら町医者を捜しているようですね」

「うむ。奴ら、菅原が手傷を負って町医者に駆け込んだと睨んだようだな」

「大丈夫ですかい……」

由松は、菅原が担ぎ込まれた町医者が朝比奈家の家来に突き止められるのを恐れた。

「ああ。平七に抜かりはねえ」

久蔵は嘲りを浮べた。

朝比奈家の家来たちは、町医者に駆け込んだであろう菅原を捜し、その足取りを町方の者に尋ね歩いた。だが、菅原の行方は杳として摑めなかった。

三

八丁堀北島町《きたじまちょう》の組屋敷街には、物売りの声が長閑に響いていた。

町駕籠は、秋山家下男の太市の案内で一軒の組屋敷の前に止まった。

「先生、着きました」

太市は、町駕籠の中に声を掛けた。

「おう……」

町駕籠の垂れを開け、小石川養生所外科医の大木俊道《おおきしゅんどう》が降り立った。

「御苦労さま……」

太市は、駕籠舁に駄賃を渡した。

町駕籠は立ち去った。

太市は、辺りを窺って不審な者がいないのを見定めた。

「こちらです……」

太市は、古い組屋敷の木戸門に大木俊道を誘った。

太市は、古い組屋敷の勝手口の戸を叩いた。

「誰だい……」

組屋敷の中から、平七の声がした。

「太市です……」

「おう……」

平七が、勝手口の戸を開けて顔を見せた。

「こりゃあ俊道先生、お呼び立てして申し訳ありません」

「やあ。平七親分、暫くだね」

「はい。どうぞ……」

平七は、俊道と太市を招き入れた。

座敷の障子は、陽差しを受けて明るく輝いていた。

敷かれた蒲団には菅原真一郎が眠っており、蛭子市兵衛が付き添っていた。

平七は、朝比奈家の家来たちの探索を恐れ、久蔵と相談して菅原を市兵衛の組屋敷に秘かに移した。そして、久蔵は太市を養生所外科医の大木俊道の許に走らせ、往診を頼んだ。

大木俊道は、長崎で蘭方を学んだ江戸でも指折りの外科医であり、今迄に何度も久蔵たちの探索に合力《ごうりき》して来た。

「市兵衛の旦那、俊道先生がお見えになりました」

平七の声が襖越しにした。

「入って戴きな……」

「はい……」

襖が開き、俊道、平七、太市が入って来た。

「やあ、俊道先生、お忙しい処、申し訳ありません」

「なあに、怪我人を治療するのが仕事。養生所で診るのも往診で診るのも同じですよ」

俊道は、笑顔で菅原の傍に座った。

平七が蒲団を捲《めく》った。

菅原の肩に巻かれた包帯には、血が僅かに滲んでいた。

俊道は眉をひそめ、包帯を解いて肩の傷を検《あらた》め、熱を測った。

「如何ですか……」

平七は尋ねた。

「うむ。熱も余り高くはない。傷口を洗って縫えば、何とか助かるだろう」

「そいつは良かった……」

市兵衛は微笑んだ。

「宜しくお願いします」

平七は頭を下げた。

「じゃあ、お湯を沸かします」

太市は、台所に立った。

菅原真一郎は、大工の粂吉を斬った者を知っているかもしれない。

それを確かめる迄は、死なせる訳にはいかないのだ。

平七と市兵衛は、菅原真一郎が助かるのを願っていた。

一膳飯屋の屋根裏部屋に久蔵が訪れた。

神崎和馬と庄太は、窓から栗原藩江戸上屋敷を見張っていた。

「こりゃあ秋山さま……」

和馬は、慌てて姿勢を正した。

「おう、来てくれていたか和馬……」

「はい。詳しい話は庄太に聞きました。気の毒なのは、巻添えになった大工の粂吉。何とか敵《かたき》を討ってやりたいもんですね」

和馬は、微かな怒りを過ぎらせた。

「うむ。で、庄太、栗原藩の郷田平九郎と今井孝之助、どんな奴らか分かったか……」

「はい。郷田と今井は、神道無念流《しんとうむねんりゅう》の使い手だそうです」

庄太は告げた。

「神道無念流か……」

「はい。栗原藩の下男や小者に探りを入れたんですがね。朝比奈さまが襲われた刻限には、郷田と今井は出掛けていたそうですよ」

庄太は眉をひそめた。

「出掛けていたか……」

「はい。そして、日暮れ前に戻り、刀の手入れをしていたそうです」

「刀の手入れか……」

郷田と今井は、朝比奈将監を襲って討洩らした。そして、姿を隠して様子を見極め、江戸上屋敷に戻って刀の手入れをしたのだ。

久蔵は、菅原真一郎の睨み通り、大目付の朝比奈将監を襲った二人の覆面の侍が郷田と今井だと見定めた。

「で、栗原藩の様子はどうだ……」

久蔵は、窓の外に見える栗原藩江戸上屋敷を眺めた。

「取立てて変わった様子は見えませんが、かなり警戒をしていますね」

和馬は睨んだ。

「だろうな……」

大目付の朝比奈将監にしてみれば、己が襲われた上に見張りの家来たちを殺されて黙っている訳にはいかないのだ。

何かをする……。

栗原藩が、江戸上屋敷の警戒を厳しくするのは当然なのだ。

「朝比奈家の家来と思われる連中が彷徨いていますからね」

庄太は、厳しさを浮べた。

「ああ。奴ら、行方知れずの菅原真一郎を捜したが見付からず、かなり苛立っている。和馬と庄太も気を付けるんだな」

「はい……」

和馬と庄太は頷いた。

「もし、朝比奈家に妙な動きがあれば、幸吉と由松から報せがある筈だ。万一の事があっても、粂吉のような巻添えを出しちゃあならねえ。いいな……」

久蔵は厳しく命じた。


朝比奈将監は、皺の深い顔に怒りを漲《みなぎ》らせた。

「田崎《たざき》、菅原真一郎の行方、未だ分からぬと申すか……」

「はい。馬場近くの医者を軒並み当たり、足取りを捜しましたが、何処にも……」

物頭の田崎重蔵《じゅうぞう》は眉をひそめた。

「ならば、菅原は栗原藩の者共に捕えられたと申すか……」

「最早、そうとしか思われません」

田崎は頷いた。

「おのれ、堀川忠隆……」

朝比奈将監は、憎しみを露わにした。

「如何致しますか……」

「これ以上、愚かな堀川忠隆に勝手な真似はさせぬ」

「では……」

「何としてでも失態を演じさせ、栗原藩を叩き潰してくれる……」

朝比奈は、怒りに狡猾さを混じらせた。

陽は沈み、朝比奈屋敷は夕闇に覆われた。

幸吉と由松は、向かいの大宝寺から見張り続けた。

朝比奈屋敷の潜り戸が開き、派手な半纏を着た男が出て来て辺りを窺った。

「幸吉の兄貴。野郎、中間の万助《まんすけ》ですぜ」

「うん……」

幸吉と由松は、緊張した面持ちで見詰めた。

万助は、付近に不審な者が潜んでいないと見定めて潜り戸の内に声を掛けた。

物頭の田崎重蔵が、潜り戸から現れて万助と綱坂に向かった。

「侍、田崎重蔵って家来ですよ」

由松と幸吉は、大宝寺の寺男から朝比奈家の主だった家来の名や人相などを聞いていた。

「うん。とにかく追うぜ……」

幸吉と由松は、綱坂に向かう田崎と万助を追った。

夕暮れは深まっていく。


行燈の明かりは、屋根裏部屋を仄かに照らしていた。

和馬は、屋根裏部屋の窓から栗原藩江戸上屋敷を見張っていた。

栗原藩江戸上屋敷は、篝火《かがりび》を焚いて警戒を続けていた。

おそらく、屋敷内は立番や見廻りの者で賑わっているのだ。大目付の家来が、そんな大名家の上屋敷に斬り込むような馬鹿な真似はしない筈だ。しかし、斬り込んだりしたら、栗原藩だけではなく朝比奈家も断絶は免れない。

大目付の朝比奈将監が、このまま黙っているとは思えない。

朝比奈将監は何を仕掛けてくるのか……。

和馬は、見張りを続けた。

庄太は蒲団にくるまり、鼾《いびき》を搔いて眠っていた。


田崎と中間の万助は、赤羽橋を渡らずに金杉川沿いの道を東に進んだ。

「栗原藩江戸上屋敷に行くなら赤羽橋を渡る筈ですが、何処に行くんですかね」

由松は首を捻った。

「うん……」

幸吉は頷き、田崎と万助を追った。

田崎と万助は、金杉川に架かっている金杉橋を渡り、三縁山増上寺門前町の盛り場に進んだ。そして、盛り場の片隅にある居酒屋に入った。

「いらっしゃい……」

居酒屋の若い衆の声が、田崎と万助を威勢良く迎えた。

幸吉と由松は見届けた。

「家来と中間だ。只、酒を飲みに来ただけじゃあないだろうな」

「じゃあ……」

「ひょっとしたら、万助の口利きで誰かと逢うのかもな……」

幸吉は読んだ。

「ええ。どうします」

「よし。俺たちも入ってみよう」

幸吉と由松は、居酒屋の暖簾を潜った。

居酒屋は、職人、人足、お店者、浪人など雑多な客で賑わっていた。

幸吉と由松は、若い衆に迎えられて片隅に座り、酒を注文した。

「兄貴……」

由松は、反対側で酒を飲んでいる田崎と万助、下男風の中年男を示した。

中年男は、恐縮した様子で万助に注がれた酒を飲んでいた。

田崎は、厳しい面持ちで中年男に何事かを言い聞かせていた。

中年男は、緊張した面持ちで田崎の話に頷いていた。そして、その手の猪口からは満たされた酒が僅かに零れていた。

「震えているんですかね」

由松は眉をひそめた。

「ああ。田崎に面倒な事を言い付けられているのかもしれないな」

幸吉は睨んだ。

「何処の誰なんですかね」

由松は、険しさを滲ませた。

「おまちどお……」

若い衆が、幸吉と由松に酒を持って来た。

「おう……」

幸吉と由松は、酒をすすりながら田崎たちを見守った。

田崎は、小さくて薄い紙包みを中年男に差し出した。

中年男は、差し出された小さくて薄い紙包みを見詰めた。

「金ですかね……」

「きっとな……」

幸吉と由松は、小さくて薄い紙包みの中身は数枚の小判だと睨んだ。

中年男は、猪口の酒を飲み干し、覚悟を決めたように小さくて薄い紙包みを握り締めた。

田崎と万助は笑みを浮べた。

四半刻が過ぎた頃、田崎と万助は中年男を連れて居酒屋を出た。

幸吉と由松は追った。

田崎、万助、中年男は、増上寺門前町を出て飯倉神明宮の前を抜け、大横町から愛宕下大名小路に進んだ。

「栗原藩の上屋敷に行くつもりですね」

「ああ……」

幸吉と由松は、慎重に尾行た。

田崎、万助、中年男は、静寂と闇に覆われた大名小路を抜け、佐久間小路に入った。

「睨み通りですぜ」

「うん。何をする気だ……」

幸吉と由松は、先を行く三人を見据えて追った。

栗原藩江戸上屋敷の空には、篝火の煙りと火の粉が僅かに舞っていた。

中年男は、栗原藩江戸上屋敷の外れで田崎や万助と別れ、裏門に向かって行った。

田崎と万助は、裏門に続く道の暗がりに潜んだ。

「あいつ、栗原藩の者だったんですぜ」

由松は戸惑った。

「ああ。田崎の野郎、栗原藩の者を金で操ろうって魂胆だ」

幸吉は睨んだ。

「何をさせようってんですかね」

由松は緊張した。

増上寺の鐘が、戌の刻五つ（午後八時）を夜空に響かせた。

和馬は、一膳飯屋の屋根裏部屋の窓から栗原藩江戸上屋敷を見張り続けていた。

増上寺の鐘は鳴り続けていた。

見張りの交代の刻限だ。

和馬は、眠っている庄太を起こそうとした。

不意に栗原屋敷から火の手があがった。

火の手は、篝火の僅かな煙りと火の粉とはあきらかに違った。

火事だ……。

「庄太、火事だ」

和馬は、庄太を起こした。

庄太は跳ね起きた。

「火事だ。火事だぞ……」

和馬は、窓から大声で怒鳴った。

庄太は、呼子笛を吹き鳴らした。

人々の騒めきが、周囲の大名屋敷や町方の地から湧き上がった。

和馬と庄太は、一膳飯屋の屋根裏部屋を走り出た。


「火事だ……」

和馬の怒鳴り声と呼子笛の音が、夜空に響いた。

田崎と万助は狼狽えた。

幸吉と由松は、怒鳴り声の主が和馬だと気が付いた。

中年男が、栗原藩江戸上屋敷の裏門から血相を変えて駆け出して来た。

田崎は、駆け寄って来る中年男の前に立ち塞がった。

「危ねえ」

幸吉は、思わず叫んだ。

中年男は怯んだ。

田崎は、抜き打ちの一刀を中年男に浴びせた。

中年男は、必死に躱しながらも腕から血を飛ばして倒れ込んだ。

「火事だ。火事だ……」

幸吉と由松は、騒ぎ立てながら駆け寄った。

「た、田崎さま……」

万助は慌てた。

「退《ひ》け、万助」

田崎と万助は、身を翻して夜の闇に逃げた。

幸吉と由松は、倒れている中年男に駆け寄った。

中年男は、斬られた右の二の腕から血を流して気を失っていた。

「おい、しっかりしろ」

由松は、中年男を揺り動かした。

「長吉《ちょうきち》は何処だ。長吉……」

家来たちの怒声が、裏門内から響いた。

「由松、平七親分の真似をするぜ」

　幸吉は告げた。

「承知……」

　由松は、中年男を背負った。

「幸吉、由松……」

　和馬と庄太が、駆け寄って来た。

「和馬の旦那、火事と拘わりのある野郎です」

　幸吉は、由松の背の中年男を示した。

「よし。後は引き受けた。行け」

　幸吉と由松は頷き、中年男を連れ去った。

　家来たちが、裏門から駆け出して来た。

「火事はこっちか……」

　和馬は、十手を翳して怒鳴った。

　家来たちは、現れた巻羽織の町奉行所同心に狼狽えた。

　大名屋敷が火事を出すと、公儀の咎めは計り知れない。

「火事は下総栗原藩の江戸上屋敷か……」

和馬は騒ぎ立てた。

# 四

栗原藩江戸上屋敷の下男の長吉は、朝比奈家物頭の田崎重蔵に五両の前金を貰って屋敷に火を付けた。

下男の長吉は、和馬と幸吉や由松の厳しい詮議に何もかも白状した。

江戸は何度も大火に見舞われ、公儀は火事を恐れて厳しく取締っていた。そして、火を出した者を厳罰に処したのは、大名旗本でも同じだった。

朝比奈将監は、栗原藩江戸上屋敷から火を出させ、その罪を言い募って取り潰しを企んだのだ。

「大目付が大名屋敷に付け火を企むとは、前代未聞、畏れいったもんだ」

久蔵は呆れた。

「汚ねえ真似をしやがって……」

和馬は吐き棄てた。

「所詮、虚け者と戯《たわ》け者、底の割れている事ばかりやりやがって、傍《はた》迷惑な奴らだぜ」

　久蔵は苦笑した。

「で、どうします」

　和馬は、久蔵の出方を窺った。

「朝比奈と栗原藩がどうなろうと構わねえが、町方には迷惑な奴らだ。大工の粂吉を斬った者を突き止めたら必ず始末してやるぜ」

　久蔵は云い放った。

「朝比奈家の家来の菅原真一郎、どうなっているんですか……」

「市兵衛と平七が、そろそろ話を聞き出すだろうぜ……」

　久蔵は眠んだ。

　菅原真一郎は熱も下がり、容態は漸く落ち着いた。

「此処は……」

　菅原は、陽差しに白く輝く障子を眩しげに見詰めた。

「気分はどうだい……」

　市兵衛は、気軽な調子で声を掛けた。

菅原は、傍らにいる市兵衛と平七に気が付いた。

「は、はい。お陰さまで……」

菅原は、礼を云おうとして肩の傷の痛みに顔を歪めた。

「で、菅原さん。お前さん、主の朝比奈将監さまが、粟原藩の郷田平九郎と今井孝之助に赤羽橋で襲われた時、お供の中にいたんだな」

市兵衛は訊いた。

「は、はい……」

菅原は、思い出すように頷いた。

「それで斬り合いになり、朝比奈さまは手傷を負った……」

市兵衛は、菅原が思い出し易いように話を誘った。

「ええ。私たちは殿を護って郷田や今井と斬り合い、その間に殿は……」

「誰かに護られて逃げた……」

「はい。物頭の田崎重蔵さまに護られて……」

菅原は覚えていた。

「斬り合いの時、粂吉って大工が巻添えで斬られたんだが、覚えていますかい……」

「……」

平七は尋ねた。

「大工……」

菅原は眉をひそめた。

「ええ……」

平七は、菅原を見据えて頷いた。

「そう云えば……」

菅原は、手傷を負った朝比奈を連れて逃げる田崎の後を他の家来たちと続いた。

その時、道具箱を担いだ大工と擦れ違ったのを思い出した。

「擦れ違った……」

平七は、身を乗り出した。

「ええ……」

逃げる菅原が擦れ違った大工が、巻添えになって斬り殺された粂吉なのだ。

「で、どうしました」

「悲鳴が聞こえたので振り返った。そうしたら……」

菅原は眉をひそめた。

「そうしたら……」

平七は話を促した。

「郷田が大工を斬り棄てて追って来た……」

菅原は告げた。

「郷田が……」

「ええ……」

「市兵衛の旦那……」

「うむ。菅原、擦れ違った大工を斬ったのは、郷田平九郎に間違いないのだね」

市兵衛は、厳しい面持ちで念を押した。

「はい。覆面をしていましたが、着物の紋所から見て、間違いありません」

菅原は頷いた。

大工の粂吉を斬ったのは、栗原藩家臣の郷田平九郎だった。

「うむ。平七……」

「はい。秋山さまにお報せします」

「そうしてくれ。後は引き受けたよ」

「じゃあ、御免なすって……」

平七は、座敷から出て行った。

「じゃあ、これから今云った事を口書《くちがき》にするから爪印を押して貰うよ」

「はい……」

「さあて菅原……」

「あ、貴方は……」

「私は南町奉行所臨時廻り同心の蛭子市兵衛。出て行ったのは、お前さんを助けた岡っ引の神明の平七。そして、此処は八丁堀の私の組屋敷だよ」

市兵衛は告げた。

「そうですか……」

菅原は、覚悟を決めたのか、静かに眼を瞑った。

市兵衛は、菅原の口書を取る仕度を始めた。

大工の粂吉を斬り殺したのは、栗原藩家臣の郷田平九郎……。

「そうか。郷田平九郎が粂吉を巻添えにしやがったか……」

久蔵は、微かな怒りを過ぎらせた。

「はい……」

平七は頷いた。

「よし。御苦労だったな」

「秋山さま……」

「そろそろ潮時、先ずは栗原藩から始末を付けてやるぜ」

久蔵は、不敵な笑みを浮べた。

栗原藩は、江戸上屋敷に付けられた火を小火《ぼや》の内に消し止め、何事もなかったかのように装っていた。

久蔵は、和馬、平七、庄太に見張りを続けさせ、栗原藩江戸上屋敷を訪れた。

栗原藩江戸留守居役の水沢庄太夫《みずさわしょうだゆう》は、久蔵を書院に通した。

「して秋山どの、栗原藩に何用にござるかな」

水沢庄太夫は、微かな緊張を滲ませて久蔵に探る眼を向けた。

「未だ焦げ臭いですな……」

久蔵は、鋭い眼差しで庭先を眺めた。

「そ、そうですか……」

水沢は、久蔵の唐突な言葉に僅かに狼狽えた。

「ま、小火で消し止めたのは何より、大火事になっていたなら栗原藩は取り潰し、堀川家は断絶。当主の忠隆さまは切腹。危ない処でしたな」

久蔵は、水沢に笑い掛けた。

「あ、秋山どの……」

水沢は狼狽えた。

「水沢さん、我ら南町奉行所、屋敷に付け火をした者を捕り押さえておりましてな……」

久蔵は、水沢の反応を窺った。

「付け火をした者……」

「左様。その者によれば、或る旗本の家来から金を貰い、屋敷内の作事小屋に火を付けたそうだが、水沢さん、或る旗本が誰かは、御存知でしょうな」

「それは……」

水沢は言い淀《よど》んだ。

「付け火をされる程、恨みを買っている旗本。江戸留守居役の水沢さんが知らない筈はありませんな」

久蔵は決め付けた。

江戸留守居役は、公儀や諸藩との連絡や交渉などをした。

「う、うむ……」

水沢は、苦しそうに頷いた。

「それは、栗原藩の二人の家来がその旗本を襲い、その旗本の家来たちを斬ったからではないのかな」

久蔵は、水沢を見据えた。

「秋山どの、それは大名家と旗本家の間の事。町奉行所には拘わりのない事かと……」

水沢は、懸命に態勢を立て直そうとした。

「そうは参らぬ」

久蔵は、笑みを浮べて一蹴した。

「えっ……」

「こちらの二人の家来が、赤羽橋で旗本を襲った時、粂吉と申す大工が巻添えになり、斬り殺されましてな」

「大工が巻添え……」

水沢は困惑した。

「左様。何の罪科《つみとが》もない町方の者が無残に斬られたからには我ら南町奉行所、黙って見過ごしには出来ぬ。我らが突き止めた真相を評定所に届け、天下に披露する迄……」

久蔵は、水沢を見据えて厳しく告げた。

「さすれば、栗原藩藩主堀川忠隆さまと大目付の朝比奈将監さまの愚かな争い、天下に知れ渡り、只では済まぬものかと……」

「秋山どの、その大工を斬った者、我が藩の者と申されるか……」

「ああ……」

「その確かな証拠、あるのですかな……」

水沢は、懸命の抗いをみせた。

「水沢さん、赤羽橋で朝比奈一行を襲ったのは郷田平九郎と今井孝之助。そして、通り掛かった大工の粂吉を非道無残に斬り殺したのは、郷田平九郎。見た者の口書爪印もあるからには、今更の言い逃れは通用しねえ」

久蔵は嘲りを浮べた。

水沢は、南町奉行所吟味方与力の秋山久蔵が何もかも突き止めているのを知った。

「秋山どの、どうすれば良い。どうすれば矛《ほこ》を収めて戴けますか……」

水沢は、久蔵に縋る眼差しを向けた。

「先ずは、巻添えにした大工粂吉と家族に詫び、誠意を尽くすしかあるまい」

「誠意を尽くす……」

「左様……」

「そうですか、誠意ですか……」

水沢は、微かな安堵を過ぎらせた。

「ああ……」

久蔵は、水沢の安堵に戸惑った。

「幾らですか。金を幾ら出せば宜しいのですか……」

誠意は金に過ぎない……。

水沢は、侮りを滲ませて笑った。

「町方を嘗めるんじゃあねえ、水沢……」

久蔵は一喝した。

水沢は、思わず怯んだ。

「誠意ってのは、郷田平九郎の首一つだぜ」

久蔵は云い放った。

「ご、郷田の首……」

「ああ。同じ家中の者として首を取りづらいと云うなら、俺が取ってやっても良いんだぜ」

久蔵は、水沢を睨み付けた。

「済まぬ。お許し下され、この通りだ」

水沢は、慌てて平伏した。

「ならば、郷田平九郎の首、四半刻後に溜池の馬場まで持ってくるんだな」

「四半刻後に溜池の馬場……」

「ああ。今井孝之助に持って来させるんだ」

「わ、分かった……」

「もし、約束を違《たが》えた時は、何もかもが天下に知れ渡ると覚悟するんだな」

久蔵は書院を出た。

書院から式台迄の廊下には人はいなく、襖の陰に潜んでいる気配だけが漂っていた。

久蔵は、油断なく気を配って式台を降りた。

栗原藩江戸上屋敷から久蔵が出て来た。

「親分、和馬の旦那……」

一膳飯屋の屋根裏部屋の窓辺にいた庄太が、緊張した声音で平七と和馬を呼んだ。

和馬と平七が窓辺に寄った。

栗原藩江戸上屋敷の門前にいた久蔵は、和馬、平七、庄太たちを一瞥して佐久間小路を藪小路に向かった。

和馬、平七、庄太は見送り、再び栗原藩江戸上屋敷を見張った。

溜池には水鳥が長閑に遊んでいた。

久蔵は、馬場の土手にあがって溜池を眺めた。

遊ぶ水鳥に揺れる水面は、陽差しに眩しく煌めいていた。

四半刻が過ぎた。

久蔵は振り向いた。

二人の侍が、馬場に入って来た。

郷田平九郎と今井孝之助……。

久蔵は苦笑した。

郷田と今井は、久蔵の許に落ち着いた足取りで進んだ。

和馬、平七、庄太が、馬場の入口を塞いだ。

久蔵は、土手の上から郷田と今井を迎えた。

郷田と今井は、充分な間合いを取って立ち止まり、土手の上の久蔵を見上げた。

「郷田平九郎……」

久蔵は、郷田に笑い掛けた。

郷田は久蔵を見上げ、刀の柄を握って抜き打ちの構えを取った。

「大工粂吉を斬ったのを覚えているな」

「ああ。邪魔だったので斬り払った」

郷田は、嘲笑を浮べて土手をあがり始めた。

今井は、郷田の背後で刀を抜いた。

「ならば、粂吉に詫びて貰おうか……」

「たかが町方の大工一人、詫びる事もあるまい……」

郷田は、土手の上の久蔵に抜き打ちの一刀を放った。

刹那、久蔵は土手を蹴って郷田の頭上を大きく跳んだ。

郷田は戸惑った。
久蔵は、郷田の背後に着地し、眼の前で驚いている今井に抜き打ちの一閃を浴びせた。
今井は、血を振り撒いて倒れた。
久蔵は振り返った。
「お、おのれ……」
郷田は、狼狽えながらも猛然と久蔵に向かった。
久蔵は、倒れている今井の脇差を取って郷田に投げ付けた。
郷田は、態勢を崩しながらも飛来した脇差を躱した。
次の瞬間、久蔵は鋭く踏み込んで刀を真っ向から斬り下げた。
郷田は、恐怖に醜く歪んだ。
久蔵の刀は、閃光となって郷田を襲った。
郷田は、額から顔面を斬り裂かれ、呆然とした面持ちで仰向けに倒れた。
久蔵は、残心の構えを取った。
郷田と今井は、息絶えていた。
「秋山さま……」

和馬、平七、庄太が駆け寄って来た。

「和馬、後は頼んだ」

「秋山さまは……」

和馬は眉をひそめた。

「次の始末を付けに行くぜ……」

久蔵は、刀に拭いを掛けて鞘に納め、馬場の入口に向かった。


三田寺町の朝比奈屋敷は、表門を固く閉じていた。

久蔵は、門前に佇んで辺りを見廻した。

幸吉と由松が、向かい側の大宝寺から窺っていた。

久蔵は、幸吉と由松に僅かに頷いて見せた。そして、朝比奈屋敷の表門脇の潜り戸に向かった。

「御用件は……」

久蔵は、己の名と身分を告げて朝比奈将監に面会を求めた。

応対の家来が問い質した。

「昨夜、栗原藩江戸上屋敷に付け火をした男が、田崎重蔵と申す朝比奈家の家来に金を貰っての所業だと云っていましてな。確かめに参ったのだが、逢わぬとあらばこのまま評定所に届ける事になるが……」

久蔵は、それとなく脅した。

「お待ちを、少々お待ち下さい」

応対の家来は、緊張に顔を引き攣らせて奥に引っ込んだ。

久蔵は、庭先に通された。

「秋山久蔵か……」

朝比奈将監は、座敷から濡縁に出て来た。

久蔵は、朝比奈将監と評定所で何度か逢っていた。

「用件は聞いた」

将監は、皺の深い顔に嘲りを浮べた。

「ならば、田崎重蔵と中間の万助、引き渡して貰いましょう」

久蔵は微笑んだ。

「秋山、此度の一件、町奉行所与力のその方には拘わりない事。それなのに何故、首を突っ込む……」

「赤羽橋の一件で大工が一人、巻添えで斬り殺されましてね」

「巻添え……」

将監は白髪眉をひそめた。

「左様……」

「成る程、それで剃刀久蔵が乗り出したか」

「そして、いろいろ分かりましてな」

久蔵は苦笑した。

「で、儂《わし》はどうすれば良いのだ」

将監は、久蔵に試すような眼を向けた。

「田崎重蔵と万助を自訴させ、巻添えになった大工の家族に見舞金を渡し、早々に隠居されるが宜しい」

久蔵は、不敵に云い放った。

「秋山久蔵……」

将監は、皺の深い顔に怒りを滲ませた。

「さすれば、江戸に住む町方の者たちも納得するでしょう」

「さもなければ、町方の者たちの間には、朝比奈さまが大目付でありながら栗原藩江戸上屋敷に付け火を命じたとの噂が広まり、やがては評定所から御老中の耳にも届き、朝比奈家はお家断絶……」

「黙れ、秋山……」

将監は遮った。

「戯《ざ》れ言《ごと》を申すな……」

田崎重蔵を始めとした家来たちが現れ、久蔵を取り囲んだ。

久蔵は身構えた。

「おのれ、町奉行所与力の分際で……」

将監は、血走った眼で久蔵を睨み付けた。

「たかが町奉行所与力だが、己のすべき事と死に場所は心得ている」

久蔵は微笑んだ。

その微笑みには、己を棄てる覚悟が秘められている。

将監は、久蔵が〝剃刀〟と呼ばれる謂れと恐ろしさを思い知った。

「た、田崎、万助……」

将監は、嗄れた声で田崎重蔵と家来たちの背後にいた万助を呼んだ。

「はっ……」

田崎は、将監の立つ濡縁に近寄った。

「虚け者が……」

将監は、怒声をあげて田崎と万助を斬った。

血が飛んだ。

「と、殿……」

田崎と万助は、袈裟懸けに斬られ、呆然とした面持ちで倒れた。

家来たちは驚き、狼狽えた。

久蔵は、事の成行きを冷徹に見守った。

「秋山、後は巻添えにした大工の家族への見舞金と儂の隠居だな」

将監は、悔しげに念を押した。

「如何にも……」

久蔵は、不敵な笑みを浮べた。

　久蔵は、朝比奈将監から預かった見舞金二十五両を平七に渡し、大工粂吉の家族に届けさせた。そして、平七は粂吉を斬った郷田平九郎を秋山久蔵が討ち果たした事を告げた。

粂吉の女房は、涙を流して感謝した。

栗原藩藩主の堀川忠隆は、朝比奈将監襲撃や火事騒ぎの真相を公表されるのを恐れて鳴りを潜めた。しかし、朝比奈将監は、栗原藩家臣による襲撃を告発し、己の隠居の道連れにしようとした。

老中たちは、堀川忠隆に蟄居《ちっきょ》を命じて詮議を始めた。

堀川忠隆は焦り、朝比奈家の家来による付け火を言い立てた。

痴れ者同士の泥仕合……。

久蔵は失笑した。

朝比奈将監と堀川忠隆の暗闘の仔細は、やがて老中たちの知る処となった。

老中たちは、朝比奈将監と堀川忠隆に切腹を命じ、両家に家禄減知の沙汰を下した。

朝比奈将監と堀川忠隆は、愚かな暗闘を繰り広げて滅び去った。

大工の粂吉を巻添えにした為に……。

久蔵は、粂吉の女房と幼い子供たちの幸せを陰ながら祈った。

この作品は「文春文庫」のために書き下ろされたものです。

文春文庫

秋山《あきやま》久蔵《きゅうぞう》御《ご》用《よう》控《ひかえ》

生《い》き恥《はじ》

定価はカバーに
表示してあります

2015年4月10日　第1刷

著　者　藤《ふじ》井《い》邦《くに》夫《お》
発行者　羽鳥好之
発行所　株式会社　文藝春秋

東京都千代田区紀尾井町 3-23　〒102-8008
TEL　03・3265・1211
文藝春秋ホームページ　http://www.bunshun.co.jp

落丁、乱丁本は、お手数ですが小社製作部宛お送り下さい。送料小社負担でお取替致します。

印刷・大日本印刷　製本・加藤製本

Printed in Japan
ISBN978-4-16-790344-2

（　）内は解説者。品切の節はご容赦下さい。

風野真知雄
耳袋秘帖
妖談うつろ舟

江戸版ＵＦＯ遭遇事件と目される「うつろ舟」伝説。深川の白蛇、幽霊を食った男……。怪奇が入り乱れる中、闇の者とさんじゅあんの謎を根岸肥前守はついに解き明かすのか？　堂々完結篇。

か-46-23

風野真知雄
耳袋秘帖
赤鬼奉行根岸肥前

奇談を集めた随筆『耳袋』の著者で、御家人から南町奉行へと異例の昇進を遂げた根岸肥前守鎮衛が、江戸に起きた奇怪な事件の謎を解き明かす。「殺人事件」シリーズ最初の事件。（縄田一男）

か-46-7

風野真知雄
耳袋秘帖
八丁堀同心殺人事件

組屋敷がある八丁堀で、続けて同心が殺される。死んだ者たちは、かつての田沼派だった。奉行の沽券に係わるお膝元での殺しに、根岸はどうするか。「殺人事件」シリーズ第二弾。

か-46-8

風野真知雄
耳袋秘帖
浅草妖刀殺人事件

奉行所の中間・与之吉は、凶悪な盗人「おたすけ兄弟」が、神社の境内に大金を隠すところを目撃、その金を病気の娘のために使い込んでしまうが……。「殺人事件」シリーズ第三弾。

か-46-9

風野真知雄
耳袋秘帖
深川芸者殺人事件

根岸の恋人で深川一の売れっ子芸者力丸が、茶屋から忽然と姿を消し、後輩の芸者も殺されて深川の花街は戦々恐々。はたして力丸の身に何が起きたのか？　「殺人事件」シリーズ第四弾。

か-46-10

風野真知雄
耳袋秘帖
谷中黒猫殺人事件

美人姉妹が住む谷中の〝猫屋敷〟で殺しが起きた。以前、姉妹が遭遇し、火付盗賊改の長谷川平蔵が処理した押し込みの一件との関わりとは？　「殺人事件」シリーズ第五弾。

か-46-13

風野真知雄
耳袋秘帖
両国大相撲殺人事件

有望だった若手力士が、鉄砲、かんぬき、張り手で殺された。それらは、江戸相撲最強力士の呼び声が高いあの雷電の得意技だった……。「殺人事件」シリーズ第六弾。

か-46-14

（　）内は解説者。品切の節はご容赦下さい。

風野真知雄
耳袋秘帖
新宿魔族殺人事件

内藤新宿でやくざが次々に殺害された。探索の過程で浮かび上がってきた「ふまのもの」とは、いったい何者なのか。根岸肥前が仕掛けた一世一代の大捕物、シリーズ第七弾！

か-46-15

風野真知雄
耳袋秘帖
麻布暗闇坂殺人事件

坂の町、麻布にある暗闇坂――大八車が暴走し、若い娘が亡くなった。坂の上には富豪たち、坂の下には貧しき者たちが集う「天国と地獄」で、あやかしの難事件が幕を開ける！

か-46-16

風野真知雄
耳袋秘帖
人形町夕暮殺人事件

日本橋人形町で夕暮れどきに人が殺された。現場に残された鍵は五寸の「ひとがた」。もう一つの死体からも奇妙な人形が発見されて……。根岸肥前が難事件に挑むシリーズ第九弾！

か-46-18

風野真知雄
耳袋秘帖
神楽坂迷い道殺人事件

神楽坂で七福神めぐりが流行るなか、石像に頭を潰され〈寿老人〉が亡くなった。一方、奉行所が十年追い続ける大泥棒が姿を現す。根岸肥前が難事件を解決するシリーズ第十弾！

か-46-19

風野真知雄
耳袋秘帖
王子狐火殺人事件

王子稲荷のそばで、狐面を着けた花嫁装束の娘が殺され、祝言前の別の娘が失踪した。南町奉行の根岸鎮衛は、手下の栗田と坂巻と共に調べにあたるが。「殺人事件」シリーズ第十一弾。

か-46-5

風野真知雄
耳袋秘帖
佃島渡し船殺人事件

年の瀬の佃の渡しで、渡し船が正体不明の船と衝突して沈没した。栗田と坂巻の調べで渡し船に乗り合わせた客には、不思議な接点があることがわかる。「殺人事件」シリーズ第十二弾。

か-46-6

風野真知雄
耳袋秘帖
日本橋時の鐘殺人事件

「時の鐘」そばの旅籠で、腹を抉られて殺された酉右衛門が見つかり、生前に酉右衛門を恨んでいた鐘の撞き師が疑われる。「殺人事件」シリーズ第十三弾。

か-46-12

（　）内は解説者。品切の節はご容赦下さい。

風野真知雄
耳袋秘帖
**木場豪商殺人事件**

強引な商法で急激にのし上がった木場の材木問屋。その豪商がつくったからくり屋敷で人が死んだ。手妻師、怪力女、〝蘇生した〟寺侍が入り乱れ、あやかしの難事件が幕を開ける！

か-46-17

風野真知雄
耳袋秘帖
**湯島金魚殺人事件**

「金魚釣りに引っかかっちまったよ」。謎の言葉を残して旗本の倅が死んだ——。男娼の集まる湯島で繰り広げられる奇想天外な謎に根岸肥前守が挑む。大人気殺人事件シリーズ第十五弾！

か-46-21

風野真知雄
耳袋秘帖
**馬喰町妖獣殺人事件**

裁きをひかえたお白洲で公事師が突然怪死を遂げた。〝マミ〟と呼ばれる獣、卵を産んだ女房……。馬喰町七不思議に隠された悪事を根岸肥前守が暴く！　人気書き下ろしシリーズ第十六弾。

か-46-22

指方恭一郎
**麝香《じゃこう》ねずみ**
長崎奉行所秘録　伊立重蔵事件帖

次期奉行の命で、江戸から一人長崎の地に先乗りした伊立重蔵。そこで目にしたのは「麝香ねずみ」と呼ばれる悪の一味に蝕まれた奉行所の姿だった。文庫書き下ろしシリーズ第一弾！

さ-54-1

指方恭一郎
**出島買います**
長崎奉行所秘録　伊立重蔵事件帖

長崎・出島の建設に出資した25人の出島商人。大きな力を持つ彼らの前に26人目を名乗る人物が現れた。そこには長崎進出を目論む江戸の札差の影が——。書き下ろしシリーズ第二弾。

さ-54-2

指方恭一郎
**砂糖相場の罠**
長崎奉行所秘録　伊立重蔵事件帖

長崎では急落している白砂糖が、大坂で高騰している！　謎の相場を、長崎奉行の特命で調査する伊立重蔵の前では、不審な殺人事件が次々に起こる——。好調の書き下ろしシリーズ第三弾。

さ-54-3

指方恭一郎
**奪われた信号旗《しんごうばた》**
長崎奉行所秘録　伊立重蔵事件帖

外国船入港を知らせる信号旗が奪われた。伊立重蔵は現場・小倉藩への潜入を決意する。そんな折、善六は博多、吉次郎は下関へ旅立つことに……。九州各国を股に掛けるシリーズ第四弾。

さ-54-4

（　）内は解説者。品切の節はご容赦下さい。

指方恭一郎
**江戸の仇《かたき》** 長崎奉行所秘録　伊立重蔵事件帖
長崎開港以来初めてとなる「武芸仕合」の開催が決まった。重蔵も腕を見込まれてエントリー。阿蘭陀人、唐人、さらには江戸で因縁の男まで現れて……。書き下ろしシリーズ第五弾！
さ-54-5

指方恭一郎
**フェートン号別件** 長崎奉行所秘録　伊立重蔵事件帖
出島に数年ぶりの外国船がやってきた。阿蘭陀船かと喜んだ長崎の街は、イギリス船だと知り仰天する。重蔵は仲間を総動員して街の防衛に立ち上がるが……。人気シリーズ完結編。
さ-54-6

祐光　正
**灘酒はひとのためならず** ものぐさ次郎酔狂日記
剣一筋の生真面目な男・三枝恭次郎は、遠山金四郎から、隠密として市井に紛れ込むために「遊び人となれ」と命じられる。遊楽と剣戟の響きで綴られた酔狂日記。第一弾は酒がらみ！
す-18-1

祐光　正
**思い立ったが吉原** ものぐさ次郎酔狂日記
ひょんなことから恭次郎は御高祖頭巾の女と一夜を共にする。江戸で噂の、男漁りをする姫君らしいが、相手の男は多くが殺されていた。媚薬の出所を手づるに、事件を調べる恭次郎。
す-18-2

祐光　正
**地獄の札も賭け放題** ものぐさ次郎酔狂日記
金貸し婆さん殺しの探索で、賭場に潜入した恭次郎。宿敵の凄腕浪人・不知火が、百両よこせば下手人を教えると言うのだが。きまじめ隠密の道楽修行、第三弾のテーマはばくち。
す-18-3

鳥羽　亮
八丁堀吟味帳
**鬼彦組**
北町奉行同心の惨殺屍体が発見された。入水自殺にみせかけた殺人事件を捜査しているうちに、消されたらしい。同奉行所吟味方与力・彦坂新十郎と仲間の同心たちは奮い立つ！
と-26-1

鳥羽　亮
八丁堀吟味帳「鬼彦組」
**謀殺**
呉服屋「福田屋」の手代が殺された。さらに数日後、今度は番頭が辻斬りに。尋常ならぬ事態に北町奉行吟味方与力・彦坂新十郎の率いる精鋭同心衆「鬼彦組」が捜査に乗り出した。
と-26-2

（　）内は解説者。品切の節はご容赦下さい。

藤井邦夫
養生所見廻り同心　神代新吾事件覚
## 淡路坂
孫に付き添われ養生所に通っていた老爺が若い侍に理不尽に斬り捨てられた。権力の笠の下に逃げ込んだ相手に、新吾は命を賭した闘いを挑む。その驚くべき方法とは？　シリーズ第四弾。

ふ-30-4

藤井邦夫
養生所見廻り同心　神代新吾事件覚
## 人相書
神代新吾事件覚シリーズ第五弾。南蛮一品流捕縛術を修業する、若き同心が、事件に出会いながら成長していく姿を描く痛快作。人相書にそっくりな男を調べる新吾が知った「許せぬ悪」とは!?

ふ-30-7

藤井邦夫
秋山久蔵御用控
## 神隠し
「剃刀」の異名を持つ、南町奉行所吟味方与力・秋山久蔵の活躍を描く、人気シリーズ第一作が文春文庫から登場。江戸の悪を、久蔵が斬る!!　多彩な脇役も光る。

ふ-30-6

藤井邦夫
秋山久蔵御用控
## 帰り花
南町奉行所与力・秋山久蔵の活躍を描くシリーズ第二作。久蔵の義父が辻斬りにあって殺された。調べを進めるとそこには不可解な謎が。亡妻の妹の無念を晴らすため久蔵が立ち上がる！

ふ-30-8

藤井邦夫
秋山久蔵御用控
## 迷子石
〝迷子石〟に、尋ね人の札を貼る兄妹がいた。探しているのは、押し込みを働き追われる父。探索を進める久蔵は、押し込み犯の背後にさらに憎むべき悪党がいると睨む。シリーズ第三弾。

ふ-30-9

藤井邦夫
秋山久蔵御用控
## 埋《うず》み火《び》
掘割に袋物屋の内儀の死体が上がった。内儀は入り婿と離縁しておりそれが原因と思われたが、元夫は係わりがないらしい。久蔵は、離縁の裏に潜んでいるものを探る。シリーズ第四弾。

ふ-30-10

藤井邦夫
秋山久蔵御用控
## 空《うつ》ろ蟬《ぜみ》
隠密廻り同心が斬殺された。久蔵は事件の真相を追って〝無法の地〟と呼ばれる八右衛門島に潜入した。そこで彼の前に現れた、伽羅の匂いを漂わせる謎の女は何者か。シリーズ第五弾。

ふ-30-12

（　）内は解説者。品切の節はご容赦下さい。

藤井邦夫
秋山久蔵御用控
彼岸花

般若の面をつけた盗賊が、金貸しの屋敷に押し込み金を奪ったうえ主を惨殺した。久蔵は恨みによるものと睨むが…。夜盗の哀しみと〝剃刀久蔵〟の恩情裁きが胸を打つ、シリーズ第六弾。

ふ-30-13

藤井邦夫
秋山久蔵御用控
乱れ舞

浪人となった挙げ句に人を斬った幼な馴染みは、「公儀に恨みを晴らす」という言葉を遺して死んだ。友の無念に、〝剃刀〟久蔵は隠された悪を暴くことを誓う。人気シリーズ第七弾。

ふ-30-14

藤井邦夫
秋山久蔵御用控
花始末

往来ですれ違いざまに同心が殺された。久蔵はその手口から、人殺しを生業とする〝始末屋〟が絡んでいると睨み探索を進めるが、逆に手下の一人を殺されてしまう。シリーズ第八弾！

ふ-30-16

藤井邦夫
秋山久蔵御用控
騙り者《かたりもの》

油問屋のお内儀が身投げした。御家人の秋山久蔵と名乗る男に脅された果てのことだという。事の真相は、そして自分の名を騙った者は誰なのか、久蔵が正体を暴き出す。シリーズ第九弾。

ふ-30-17

藤井邦夫
秋山久蔵御用控
赤い馬

付け火騒ぎが起き、同時に近くで押し込みがあった。現場付近には妙な雰囲気の女がいたという。はたして女は、火事騒ぎに乗じて押し込みを働く一味の仲間なのか。シリーズ第十弾！

ふ-30-18

藤井邦夫
秋山久蔵御用控
後添え

南町奉行所吟味方与力・秋山久蔵に、後添えの話が持ち上がった。秘かに思いを寄せていた久蔵の亡妻の妹・香織は、身を引く覚悟を固めるが……。急展開を告げるシリーズ第十一弾！

ふ-30-20

**隠し金**
藤井邦夫
秋山久蔵御用控

蜆売りの少年が殺された。遺体の横には「云わざる」の根付が落ちていた。"三猿"の根付に隠された秘密を剃刀久蔵が突き止める。人気シリーズ好評第十二弾！

ふ-30-21

**口封じ**
藤井邦夫
秋山久蔵御用控

錺職の男が鎌倉河岸で死体となって浮かんだ。奉行所は溺死と判断したが、殴られた跡があり、客ともめていたことを知った男の女房は、久蔵に真相究明を訴えた。シリーズ第十三弾！

ふ-30-24

**傀儡師《くぐつし》**
藤井邦夫
秋山久蔵御用控

心形刀流の使い手、「剃刀」と称され、悪人たちを震え上がらせる、南町奉行所吟味方与力・秋山久蔵の活躍を描くシリーズ十四弾が登場。何者にも媚びない男が江戸の悪を斬る!!

ふ-30-5

**余計者**
藤井邦夫
秋山久蔵御用控

筆屋の主人が殺された。姿を消した女房と手代が事件に絡んでいると見られたが、久蔵は残された証拠に違和感を覚え、手下にさらなる探索を命じる。人気シリーズ書き下ろし第十五弾。

ふ-30-11

**付け火**
藤井邦夫
秋山久蔵御用控

捕縛された盗賊の手下が、頭の放免を要求して付け火を繰り返した。南町奉行は、久蔵に探索の日切りを申し渡した。久蔵は期限までに一味を捕えられるのか。書き下ろし第十六弾！

ふ-30-15

**大禍時《おおまがとき》**
藤井邦夫
秋山久蔵御用控

夕暮時に娘が消えるという噂が立った。調べを進めると、確かにある娘が行方知れずになっていたが、周りの者たちの態度がおかしい。事件の真相は何なのか。書き下ろし第十七弾！

ふ-30-19

（　）内は解説者。品切の節はご容赦下さい

## 文春文庫　書きおろし時代小説

（　）内は解説者。品切の節はご容赦下さい。

藤井邦夫
秋山久蔵御用控
**垂込み**

〝隠居の彦八〟と呼ばれる元盗賊が江戸に舞い戻った。同じ頃、盗賊・蝮の藤兵衛の一味も不穏な動きを見せ始める。はたして両者にかかわりはあるのか？　書き下ろし第十八弾！

ふ-30-22

藤井邦夫
秋山久蔵御用控
**虚《うつ》け者《もの》**

評判の悪い旗本の倅が、滅多刺しにされ殺された。これは女の恨みによるものか？　手下とともに真相を暴いた南町奉行所吟味方与力・秋山久蔵が見せた裁きとは？　書き下ろし第十九弾！

ふ-30-23

藤原緋沙子
切り絵図屋清七
**ふたり静**

絵双紙本屋の「紀の字屋」を主人から譲られた浪人・清七郎は、人助けのために江戸の絵地図を刊行しようと思い立つ。人情味あふれる時代小説書下ろし新シリーズ誕生！　（縄田一男）

ふ-31-1

藤原緋沙子
切り絵図屋清七
**紅染の雨**

武家を離れ、町人として生きる決意をした清七。与一郎や小平次らと切り絵図制作を始めるが、紀の字屋を託してくれた藤兵衛からおゆりの行動を探るよう頼まれて……新シリーズ第二弾。

ふ-31-2

藤原緋沙子
切り絵図屋清七
**飛び梅**

父が何者かに襲われ、勘定所に関わる大きな不正に気づく清七。武家に戻り、実家を守るべきなのか。切り絵図屋も軌道に乗ったばかりだが——。シリーズ第三弾。

ふ-31-3

八木忠純
**蜘蛛《くも》の巣店《すだな》**
喬四郎　孤剣ノ望郷

悪政を敷く御国家老に父を謀殺された有馬喬四郎は、江戸の蜘蛛の巣店に身を潜めて復讐を誓う。ままならぬ日々を懸命に生きる喬四郎と、ひと癖ふた癖ある悪党どもが繰り広げる珍騒動。

や-47-1

八木忠純
## おんなの仇討ち
喬四郎　孤剣ノ望郷

喬四郎の身辺は騒がしい。刺客と闘いながら、日銭稼ぎの用心棒稼業。思いを寄せるとよも、父の敵を探しているという。偽侍の西田金之助は助太刀を買ってでる腹づもりのようだが……。

や-47-2

八木忠純
## 関八州流れ旅
喬四郎　孤剣ノ望郷

虎の子の五十両を騙り取られた喬四郎は、逃げた小悪党を追って利根川筋をたどる。だが、無頼の徒が跳梁する関八州のこと、たちまち揉め事に巻き込まれ、逆に八州廻りに追われる身に。

や-47-3

八木忠純
## 修羅の世界
喬四郎　孤剣ノ望郷

宿願は仇討ち。先立つものは金。刺客と闘いながらも懐の具合が気にかかる喬四郎。今度の仕事は御門番へ届ける弁当の護衛。やさしい仕事と思いきや、高い給金にはやはり裏があった！

や-47-4

八木忠純
## 目に見えぬ敵
喬四郎　孤剣ノ望郷

喬四郎は二つの決断を迫られていた。一に、手習塾の代教という仕事を引き受けるべきか。二に、美貌の娘・咲と所帯を持つべきか。宿願を遂げるためには、いずれも否とせねばならぬが……。

や-47-5

八木忠純
## 謎の桃源郷
喬四郎　孤剣ノ望郷

かつておのれを襲った刺客の背後に、御三家水戸藩の後嗣問題と、世を揺るがす陰謀のあることを知った喬四郎。宿敵・東条兵庫を倒すために、もうこれ以上の遠回りはしたくないのだが。

や-47-6

八木忠純
## さらば故郷
喬四郎　孤剣ノ望郷

宿敵・東条兵庫の奸計に嵌まり重傷を負った喬四郎は、桃源郷と呼ばれる村に身を隠す。同じ頃、故郷・上和田表では、打倒兵庫の気運が高まっていた。大人気シリーズ完結篇。

や-47-7